Connaissez-vous, dans la série SUN VALLEY, les premiers romans d'Elizabeth et Jessica ?

1. Sœurs rivales
2. La preuve cachée
3. Ne m'approche pas
4. Tu le paieras
5. Une nuit d'attente
6. Ne joue pas à ça
7. L'intrigante
8. C'est plus fort que toi
9. Tu ne changeras jamais
10. Ne la croyez pas
11. C'était trop beau
12. Ne lui dis rien
13. Quel égoïsme !
14. Double jeu
15. Ne me trompe pas
16. Jeu de snobs
17. Jusqu'où iras-tu ?
18. Tu perds la tête
19. Cela devait arriver
20. Coup de théâtre
21. Tu avais tort

Demandez à votre libraire les titres que vous n'avez pas encore lus.

FRANCINE PASCAL

N'exagère pas

Traduit de l'américain par
Janine Vassas

 **Sun Valley**

HAUTE TENSION

*L'édition originale de ce roman
a paru chez Bantam Books, Inc., New York,
dans la collection SWEET VALLEY HIGH, T.M.,
sous le titre :*

TOO MUCH IN LOVE

1

*L*a famille Wakefield se trouvait réunie autour de la table du déjeuner.

« Je suis un étranger dans ma propre maison ! plaisanta M. Wakefield en s'adressant à ses filles jumelles Elizabeth et Jessica. Il me suffit de passer une journée au bureau pour que surviennent des événements extraordinaires ! Vous organisez une représentation, paraît-il ?

— Avec les élèves du lycée, précisa Jessica. M. Collins a désigné Liz comme présidente. Il a été si impressionné par le succès remporté par la fête au bénéfice des enfants handicapés qu'il a chargé ma grande sœur de monter un nouveau spectacle. »

Jessica gratifia sa jumelle d'un regard admiratif — elle avait l'illusion de se voir dans un miroir ; le visage régulier d'Elizabeth, encadré de cheveux d'un blond doré, avec ses yeux bleu-vert, la fossette creusant sa joue gauche, était le reflet de son propre visage.

Si, au physique, les deux sœurs étaient tout le portrait l'une de l'autre, au moral, elles différaient autant que le jour et la nuit.

Rédactrice de la rubrique "Les Yeux et les Oreilles", pour *L'Oracle*, le journal du lycée, Elizabeth lui consacrait la majeure partie de son temps. M. Collins, professeur de littérature et rédacteur en chef, conscient de ses qualités, lui confiait de grandes responsabilités. Travailleuse et intelligente, toujours prête à se dévouer ou à rendre service, Elizabeth possédait aussi un solide sens de l'humour.

Quant à Jessica ? Eh bien, c'était Jessica !

Détestant les contraintes et toute forme d'effort, elle aurait été terrorisée à la perspective de travailler dans une salle de rédaction par un après-midi ensoleillé. Elle préférait mille fois entretenir son bronzage sur la plage ou faire du lèche-vitrines en compagnie de ses inséparables amies Clara et Lila. *Vivre dans l'instant* aurait pu être la devise de Jessica. Elle avait également le don de se placer dans des situations fâcheuses dont Elizabeth ne manquait pas de la tirer.

L'esprit aventureux, Jessica entreprenait des quantités de choses à la fois, sans en mener aucune à son terme. Si elle raillait l'excès de prudence de sa jumelle, au fond de son cœur elle lui portait une véritable adoration et pour rien au monde n'aurait voulu lui causer du tort ou la blesser. Quelque temps auparavant les deux sœurs s'étaient encore rapprochées car, sans raison, Jessica s'était mis dans la tête que toute la famille lui préférait Elizabeth ; celle-ci réussissait tout ce qu'elle entreprenait, contrairement à elle qui s'arrangeait pour se retrouver dans des situations invraisemblables et pour provoquer la colère de ses parents.

A force de se faire réprimander, elle s'était imaginé qu'elle n'avait pas sa place parmi les siens. Cédant à l'influence néfaste de Nicky Shepard, son copain du moment, elle s'était enfuie de chez elle. Par bonheur, Elizabeth, avec l'aide de Steven, son frère aîné, l'avait interceptée sur la route de San Francisco et l'avait ramenée à la maison.

Songeant à sa sordide équipée en autocar, Jessica avait le cœur serré ; elle s'était sentie si seule, si abandonnée.

A présent cette sinistre aventure n'était plus qu'un mauvais souvenir et elle s'était juré désormais de se comporter en être responsable. Elle se demandait comment elle en était arrivée à douter d'elle-même à ce point, à perdre sa merveilleuse confiance... car si fière fût-elle d'Elizabeth, elle se trouvait heureuse dans la "peau" de Jessica.

« Liz, ce spectacle va te donner un surcroît de travail, fit remarquer Alice Wakefield en tendant le saladier à sa fille. Es-tu certaine de ne pas avoir accepté trop de responsabilités, ma chérie ? »

Jessica fit une grimace malicieuse.

« Et Todd, qu'est-ce qu'il en dit ? demanda-t-elle. Je suis sûre qu'il ne doit pas apprécier. »

Todd Wilkins, le copain attitré d'Elizabeth, fréquentait le même lycée que les jumelles. Elizabeth était très amoureuse de lui et il lui suffisait de songer à ses yeux bruns et à ses larges épaules pour que son cœur se mette à battre.

« Il s'en fiche éperdument, rétorqua-t-elle, lui-même est très occupé. En ce moment, il travaille plus de dix heures par semaine au bureau de son père et, après l'entraînement de basket, il ne lui reste plus tellement de temps à me consacrer.

— Je parie que tu te débrouilleras pour l'embaucher dans ton spectacle, se moqua Jessica, en engouffrant une immense feuille de salade. Même s'il est superoccupé...

— Les filles, l'interrompit alors Alice Wakefield, en lançant un regard gêné à son époux. Votre père et moi avons un délicat problème à vous soumettre. »

Jessica se redressa sur son siège et écarquilla les yeux ; cela ne ressemblait pas à sa mère d'adopter un ton aussi solennel.

« Un problème, répéta-t-elle, troublée.

— A toi de parler, Ned, fit sa femme ; après tout, tu as l'habitude ! »

Avocat renommé, Ned Wakefield était en butte aux plaisanteries des siens qui lui reprochaient ses discours pompeux. Il s'adossa à son siège et toussa pour s'éclaircir la voix.

« Ne vous inquiétez pas, dit-il à l'adresse de ses filles, il ne s'agit pas d'une affaire grave. Non, pas grave du tout... C'est au sujet des vacances...

— Des vacances ! se récria Jessica. Tu nous emmènes faire un voyage en Europe ? »

Ned Wakefield sourit.

« Il ne s'agit pas de vous... En réalité, cela ne concerne que votre mère et moi. C'est précisément ce dont nous voudrions vous entretenir.

— On meurt d'impatience de savoir ! s'exclama Elizabeth. Vite, explique-nous !

— Voilà ; le dossier dont je m'occupe actuellement se révèle plus complexe que je ne l'aurais pensé de prime abord : une affaire illégale d'importation de marchandises en provenance du Mexique. Pour être bref, mon homologue mexicain possède des documents dont j'ai un besoin impératif. Jusque-là je pensais qu'il pourrait se déplacer, mais il ne peut s'absenter de son cabinet. Il semble donc que je sois obligé de me rendre au Mexique afin de prendre possession de certains papiers. Votre mère et moi avons pensé...

— J'ai besoin de vacances, l'interrompit son épouse. Le dernier projet auquel j'ai travaillé durant plusieurs mois m'a épuisée, je sens qu'il me faut du repos. »

Le visage bronzé d'Alice Wakefield s'était éclairé d'un radieux sourire.

« Il y a une éternité, poursuivit son mari, que votre mère et moi ne sommes pas partis ensemble... En outre, je pourrais avoir besoin d'elle au cas où...

— Inutile de te creuser la cervelle à inventer des prétextes, protesta Elizabeth en riant. Je comprends que vous ayez envie de partir en amoureux. J'espère que vous ferez un beau voyage. »

Mme Wakefield émit un soupir de doute.

« S'il n'y avait vous deux. J'avais l'intention de demander à Mme Lawrence de venir s'installer à la maison pour veiller sur vous mais je ne suis pas sûre que...

— Maman ! intervint Jessica. Tu n'y es plus ! Mme Lawrence, c'était bon au temps où on était petites. Aujourd'hui, on n'a plus besoin de baby-sitters. »

Elizabeth eut un sourire d'approbation.

« Nous l'avons été nous-mêmes, souligna-t-elle. Maman, ne t'inquiète pas, on saura bien se débrouiller toutes seules.

— Je te l'avais dit, Alice, observa M. Wakefield sur un ton d'affectueux reproche. Nos filles ne sont plus des enfants.

— Peut-être, reconnut sa femme, l'air dubitatif, mais nous allons faire un grand voyage et maintenant que Steven est à l'université, s'il se produisait quelque chose... »

Steven, le frère aîné des jumelles, était resté plusieurs semaines à la maison, après la disparition tragique de son amie Patricia. Puis, son moral s'étant amélioré, il était retourné à ses études.

« Il ne peut rien nous arriver, insista Elizabeth, désireuse de convaincre ses parents. Vous pouvez partir tranquilles et profiter de ce merveilleux voyage. On vous promet de prendre soin de la maison.

— Oui, ce sera super », s'enthousiasma Jessica.

Ses yeux bleu-vert brillaient d'excitation. Elle se réjouissait de l'absence de ses parents qui lui permettrait d'organiser sa vie en toute liberté.

A plat ventre sur son lit, sa position favorite, Elizabeth saisit le combiné du téléphone et composa un numéro. Après avoir débarrassé la table du dîner, elle avait décidé d'appeler Mary Gordon et de lui offrir d'exécuter les décors du spectacle. M. Collins le lui avait suggéré, sachant que Mary s'intéressait aux arts décoratifs. Elizabeth n'avait jamais été très intime avec la jolie fille brune, toutefois elle l'appréciait pour ses nombreuses qualités.

Mary parut surprise de l'appel d'Elizabeth et l'écouta en silence lui faire part de la proposition de M. Collins.

« Moi ? finit-elle par se récrier. M. Collins veut que ce soit *moi* qui m'occupe des décors ?

— Pourquoi pas ? s'étonna Elizabeth. Tu en es tout à fait capable. Ceux que tu avais fabriqués pour l'expo des langues étrangères étaient superbes.

— Oh, ça ! s'exclama Mary avec dépit, ce n'était pas très important. Jusqu'au dernier moment je n'avais pas la moindre idée de ce que j'allais faire.

— Raison de plus pour te féliciter. Tu t'en es sortie à merveille, protesta Elizabeth avec chaleur. Et tu as acquis de l'expérience.

— Tu crois ?

— Bien sûr. Surtout ne t'inquiète pas, il ne s'agit pas d'un spectacle de professionnels, et puis on te donnera un coup de main. »

Mary demeura silencieuse quelques instants puis avoua :

« Il me faut d'abord en parler à Bill. S'il est d'accord, je pourrai peut-être... »

Elle avait laissé sa phrase en suspens.

Elizabeth se redressa sur les coudes et porta la main à son front. Mary sortait avec Bill Chase depuis un certain temps déjà. Le couple paraissait uni et Elizabeth ne comprenait pas pourquoi Mary avait besoin de l'assentiment de son copain. Elle s'abstint de tout commentaire, craignant de froisser Mary.

« Quand penses-tu me donner une réponse ? s'enquit-elle.

— Je t'ai déjà dit que je devais demander à Bill. Je ne sais pas... J'essaierai de te rappeler demain à la même heure. Ça te va ?

— Parfait, répondit Elizabeth avec politesse, tout en s'étonnant des hésitations de sa camarade. Tu sais, on a besoin de toi. Bon, je te laisse, à présent. A demain. »

A peine eut-elle reposé le récepteur que Jessica, qui arpentait la chambre dans l'espoir d'intercepter le téléphone, se précipita vers elle.

« A qui parlais-tu ? »

Elizabeth éluda la question.

« Est-ce que Mary Gordon t'a paru bizarre, ces derniers temps ?

— Pas plus que d'habitude. Pourquoi ? »

Elizabeth eut un rire forcé.

« Oh pour rien. Inutile de t'interroger. Dès qu'il s'agit d'elle, tu n'es pas très objective.

— Je suis toujours *objective*, protesta Jessica avec véhémence. Ce n'est pas ma faute si Mary Gordon est une nouille ! »

Elizabeth regarda songeusement sa sœur se diriger vers sa chambre. Jessica n'avait jamais pardonné à Mary de l'avoir supplantée dans le cœur de Bill.

Quelques mois auparavant, Jessica s'était trouvée la partenaire du garçon dans une pièce dramatique montée par les élèves du lycée. Elle avait usé de tous ses charmes pour le séduire si bien qu'il était tombé éperdument amoureux. De son côté, elle ne l'avait pas pris au sérieux, s'amusant à flirter avec lui, jusqu'à ce que Mary se dressât sur son chemin. Mary aimait Bill avec qui elle partageait les mêmes goûts. Tous deux étaient passionnés de lecture, de théâtre et de sport, notamment de planche à voile.

Constatant que Mary avait des visées sur Bill et qu'elle-même ne lui était pas indifférente, Jessica tenta d'accaparer le garçon. Celui-ci faillit tomber dans ses filets puis les évita de justesse, comprenant que Jessica se jouait de lui et qu'en réalité il aimait Mary.

Jessica fut évincée et Bill et Mary s'avouèrent leurs sentiments mutuels.

« *Je ne comprends pas,* songea Elizabeth, *pourquoi Mary a besoin de la permission de Bill.* »

Son attitude la déconcertait. Au téléphone, elle lui avait semblé peu sûre d'elle, mal à l'aise même. Elle ne ressemblait plus à l'ancienne Mary si fière et indépendante.

« *J'espère qu'elle n'a pas d'ennuis* », se dit encore Elizabeth.

Un peu plus tard, occupée à mettre de l'ordre dans les papiers épars sur sa table de travail, elle avait oublié cet incident. Il lui restait des tas de choses à faire : corriger un article pour le journal, passer quelques coups de fil et surtout téléphoner à Todd qu'elle n'avait pas vu de la journée.

Mme Chase ouvrit la porte et dévisagea sa visiteuse.

« Mary ! Bill savait-il que vous deviez venir ce soir ? Je suis désolée, mais il est sorti.

— Il est sorti, répéta Mary, atterrée.

— Il est à la bibliothèque », précisa Mme Chase. Elle remarqua l'air accablé de Mary et s'empressa de lui proposer : « Mais entrez donc ! Aviez-vous rendez-vous ? »

Mary hocha la tête. N'ayant pas aperçu son ami de la journée, elle n'avait pu le prévenir de sa venue ; elle avait essayé de lui téléphoner mais la ligne était sans cesse occupée. Elle était affreusement déçue.

Au volant de sa voiture qui roulait vers le domicile des Chase, elle s'était imaginé qu'elle allait passer la soirée en tête à tête avec Bill. Affalés sur le lit, ils auraient grignoté du pop-corn en regardant un vieux film à la télévision.

Mme Chase l'invita à entrer pour la deuxième fois.

« Non merci, refusa-t-elle, pourriez-vous demander à Bill de me téléphoner dès qu'il rentrera ? J'ai quelque chose d'important à lui dire.

— Comptez sur moi, mon petit. »

En regagnant sa voiture, elle s'efforça de ne pas reprocher à Bill son absence tout en remarquant que, il n'y avait pas si longtemps encore, un contretemps de ce genre n'aurait pu survenir. Bill n'organisait jamais rien sans l'en avertir auparavant. S'il avait décidé de se rendre dans un endroit quelconque, il n'aurait pas manqué de lui proposer de l'accompagner ou de la rejoindre.

Depuis un certain temps, leurs rapports s'étaient détériorés, sans qu'elle en connût la raison. La veille, elle avait dîné au restaurant avec Bill et il s'était montré distant, l'écoutant d'une oreille distraite. Elle l'avait interrogé et il avait prétendu être préoccupé par son exposé d'histoire. Et cet après-midi même, après les cours, il avait oublié de venir l'attendre devant son casier pour la raccompagner chez elle, comme à son habitude. Elle l'avait retrouvé discutant avec Ken Matthews et Roger Patman et durant une éternité il n'avait pas remarqué sa présence.

Elle ouvrit la portière et s'installa au volant. Les paroles que sa mère avait prononcées juste après son divorce lui revinrent subitement en mémoire.

« Nous aurions dû consacrer plus de temps l'un à l'autre, ton père et moi. Chacun avait trop à faire, et, finalement, le mariage s'est brisé. »

Les yeux de Mary se remplirent de larmes au souvenir de son père abandonnant la maison à tout jamais. La séparation de ses parents l'avait cruellement éprouvée.

« *Ça ne risquera pas de nous arriver, à Bill et à moi,* se promit-elle en tournant la clef de contact. *Il nous faut passer plus de temps ensemble. Bill doit savoir combien il compte pour moi, combien j'ai besoin de lui. Dès qu'il l'aura compris, tout s'arrangera.* »

2

« *M*ary, dis-moi ce qui te tracasse, insista Patty en posant une main rassurante sur l'épaule de son amie. Tu n'as pas écouté un traître mot de ce que je...

— Pardonne-moi », marmonna Mary, confuse.

Elle reposa son sandwich sur la table et tourna la tête, guettant l'apparition de Bill.

Elle avait insisté pour que Patty décommande un rendez-vous et déjeune en sa compagnie ; après avoir obtenu gain de cause, voilà qu'elle le regrettait et se sentait à des milliers de kilomètres. Elle s'inquiétait au sujet de Bill : il ne lui avait pas téléphoné la veille au soir et, ce matin, il n'avait pas accouru l'embrasser avant le début des cours.

« Je te demandais tes impressions sur ton école d'arts décoratifs, s'impatienta Patty. Comment ça se passe ? Mme Jackson est-elle aussi bon prof qu'on le prétend ? »

Mary fixait son plateau avec embarras. Comment avouer à sa meilleure amie qu'elle avait renoncé à fréquenter cet établissement par crainte de perdre les heures précieuses qu'elle aurait pu passer en compagnie de Bill ?

Patty Gilbert, élève de terminale à Sun Valley, était une jolie fille aux longs cheveux bruns et aux yeux noirs pétillants de malice et d'intelligence. Elle se montrait également une élève douée et appréciée de ses camarades. Mary et elle s'étaient rencontrées dans un camp de vacances et étaient vite devenues inséparables. Mais, depuis quelque temps, Mary avait l'impression que leurs liens d'amitié s'étaient distendus. La personnalité de Patty, ouverte et extravertie, s'accordait mal avec la sienne, plus secrète et renfermée. Mary était de plus en plus mal à l'aise en présence de son amie.

« J'ai laissé tomber les cours, avoua-t-elle en baissant les yeux pour fuir le regard pénétrant de Patty. J'avais trop de boulot et puis...

— Mais tu as fait des pieds et des mains pour t'inscrire dans cette école, l'interrompit Patty sur un ton réprobateur. Tu m'as même dit que Mme Jackson était un des meilleurs profs de toute la Californie !

— Elle n'est pas mal, soupira Mary. Seulement le cours n'était pas de mon niveau.

— Tu manques de confiance en toi, rétorqua Patty. Tu oublies que deux profs du bahut t'ont recommandé de faire cette école. »

Le visage de Mary s'empourpra.

« J'y retournerai plus tard, mentit-elle, quand je me sentirai de taille... » Remarquant l'expression à la fois désolée et mécontente de son amie, elle s'empressa de la rassurer : « Surtout, ne t'inquiète pas pour moi, Patty, je sais ce que je fais. Et si on parlait du week-end ? »

Elle souhaitait changer de conversation et discuter de leurs projets de fin de semaine. Jim, le copain de Patty, qui habitait une ville voisine, devait venir à Sun Valley. Mary avait envisagé de les emmener au restaurant chinois ainsi que Bill.

Elle avait une profonde estime pour Jim et espérait aussi que la soirée passée en compagnie d'un couple uni — comme celui de Patty et de Jim — donnerait à réfléchir à Bill ; et qui sait ?...

Patty, négligeant la proposition de son amie, poursuivit son interrogatoire.

« Au fait, tu dois t'occuper des décors du spectacle ? Elizabeth m'a dit qu'elle comptait sur toi. C'est super ! Ce sera une expérience formidable ! »

Mary se mordit les lèvres avec perplexité. Tout au long de la journée, elle avait prié le ciel pour ne pas rencontrer Elizabeth, par crainte de devoir lui donner une réponse.

D'un côté, la perspective d'exécuter un projet de cette envergure la terrifiait ; de l'autre, elle mourait d'envie de s'y consacrer. Si seulement elle pouvait avoir aussi confiance en elle que Patty !

Elle songeait à Bill : s'il acceptait de jouer un rôle dans le spectacle, elle pourrait le rencontrer lors des répétitions, mais qu'adviendrait-il dans le cas contraire ? Depuis quelques semaines, Bill n'avait plus une minute à lui. Outre la planche à voile et la préparation de son exposé, il s'entraînait tous les jours à la piscine. Aussi lui restait-il fort peu de temps à consacrer à sa copine. D'ailleurs, lorsqu'il se retrouvait en sa compagnie, il était tendu et distrait.

« *Comme papa* », songea-t-elle. Peu de temps avant de divorcer, son père avait été très absorbé par ses occupations ; quant à sa mère, elle passait tout son temps au bureau.

« *Si je fabrique des décors,* se dit Mary, *et que Bill ne joue pas dans le spectacle, on ne se verra jamais !* »

Elle se sentait désemparée et envisagea un instant de se confier à Patty, puis se ravisa. Patty serait incapable de la comprendre car elle-même ne rencontrait Jim qu'une ou deux fois par mois et ne s'en plaignait jamais.

« Rien n'est décidé, répondit-elle. J'aimerais bien faire les décors, mais avant il me faut en parler à Bill. »

Patty fut sur le point de faire une remarque désobligeante, puis préféra s'abstenir.

« J'espère que tu accepteras, dit-elle simplement. Moi, j'ai l'intention de faire un numéro de danse et de claquettes, ce serait formidable si on pouvait se voir aux répétitions !

— Peut-être », marmonna Mary.

Elle venait d'apercevoir Bill qui pénétrait dans la cafétéria et avait bondi de son siège pour le héler.

« Hé, Bill ! »

Il la vit et s'avança vers sa table.

« Enfin te voilà ! s'exclama-t-elle sur un ton de reproche dès qu'il l'eut rejointe, je me demandais où tu étais passé ! »

Ignorant le regard stupéfait et réprobateur de Patty, Mary se jeta au cou de son ami et l'embrassa comme si elle le retrouvait après une longue séparation.

Quelques jours plus tard...

Mary se dandinait d'un pied sur l'autre en jetant des coups d'œil impatients à sa montre.

Quatre heures et demie ! Bill ne donnait pas signe de vie !

« *Il aurait dû sortir à quatre heures !* s'impatientait-elle. *Qu'est-ce qui peut bien le retenir ?* »

« Mary ! » s'écria une voix familière, toute vibrante d'émotion.

Elle pivota sur ses talons et aperçut Bill qui sortait du vestiaire, les cheveux humides, sa serviette de bain négligemment jetée sur son épaule.

« Qu'est-ce qu'il se passe, Bill, pourquoi es-tu si... ?

— Ça y est ! On est qualifié pour *les régionales.* »

L'équipe de natation à laquelle appartenait Bill ayant réalisé un temps excellent, elle avait été sélectionnée pour participer à un championnat national. Le garçon, qui avait pratiqué la brasse papillon dès son plus jeune âge, s'entraînait depuis des semaines dans l'espoir d'être retenu.

« Bravo ! » s'écria Mary.

Ses yeux noirs brillaient de bonheur et d'admiration. Elle était impressionnée par la performance de Bill. Pour Mary, Bill était une sorte de héros, un surhomme. As de la planche à voile, nageur de compétition, comédien de talent, il possédait de nombreuses cordes à son arc.

« *Il est trop bien pour toi* », souffla une méchante petite voix. Mary s'efforça de la faire taire ; elle n'allait pas gâcher un moment aussi merveilleux par ses mesquines angoisses.

« Quand la rencontre a-t-elle lieu ? » demanda-t-elle, en posant la main sur le bras de son copain.

Ensemble, ils se dirigèrent vers la sortie.

« Vendredi soir, répondit Bill. Après-demain, déjà ! Je suis débordé en ce moment ; pas plus tard que ce matin, j'ai promis à Liz de réciter un texte pour son spectacle. »

Mary se dégagea et adressa à Bill un regard lourd de reproche.

« Vendredi ? répéta-t-elle. Mais c'est le jour où on sort avec Patty et Jim ! Tu ne te souviens plus ? »

Bill se frappa le front.

« Mince ! J'avais oublié. Il faut que je téléphone à Patty pour m'excuser. Je suis sûre qu'elle comprendra. »

Voyant le visage de Mary s'assombrir, Bill interrogea avec appréhension.

« Tu n'es pas d'accord ?

— Non, répliqua-t-elle sur un ton catégorique. Jim vient à Sun Valley *une seule fois par mois* ; ce ne serait pas chic du tout de lui faire faux bond. »

Les yeux de Bill prirent une expression songeuse puis brillèrent d'une soudaine lueur d'espoir.

« Dans ce cas, proposa-t-il, tu n'auras qu'à sortir avec eux ; comme ça, ils n'auront pas l'impression qu'on les laisse tomber. »

Mary fut envahie par un flot de colère et de déception. Bill ne comprenait-il pas qu'elle voulait sortir *avec lui*, passer la soirée *avec lui*, en vrai couple ?

« Ne compte pas sur moi pour y aller seule, protesta-t-elle. Pas question de sortir sans toi !

— Tu dramatises toujours, la sermonna gentiment Bill. Mary, je voudrais te poser une question : où est donc passée la fille indépendante et volontaire dont je suis tombé amoureux ? »

Mary, au bord des larmes, baissa la tête.

« Je ne sais pas.

— Allez, ce n'est pas si grave, tu n'as qu'à aller au Chinois avec Jim et Patty et on se retrouvera après la piscine. » Il médita quelques instants. « Oui, je crois que c'est la meilleure solution...

— Peut-être qu'avec Patty et Jim on pourrait venir te voir nager... suggéra Mary d'une voix incertaine. Ensuite, on ira manger tous ensemble au resto. C'est encore mieux, non ? »

Bill fit claquer sa langue pour exprimer son doute.

« Pas d'accord. Si tu veux mon avis, je trouve stupide d'obliger Jim à passer son vendredi soir au bord d'une piscine alors qu'il a des tas de trucs intéressants à faire. Non, Mary, sors avec eux. Le chapitre est clos. Inutile de gaspiller de la salive pour une histoire sans importance.

— *Une histoire sans importance*, se récria Mary d'une voix suraiguë. J'ai envie d'être avec toi, vendredi soir et tu trouves ça *sans importance*. Décidément, tu ne comprends rien. »

Bill cligna les paupières.

« Ce n'est pas ce que j'ai voulu dire...

— On ne se voit plus, reprit Mary. Je suis obligée de mendier des miettes de ton précieux temps. » Des larmes perlèrent au bord de ses paupières. « Moi qui me réjouissais de passer le week-end avec toi.

— Vendredi, ce n'est pas encore le weekend ! »

Mary ne répondit rien et essuya une larme qui roulait le long de sa joue. Bill lui entoura les épaules de son bras et l'attira à lui.

« Mary, je ne te comprends pas. Tu n'es plus la même. Tu sais bien que je t'aime, alors fais-moi confiance. De plus, tu es injuste, on se voit très souvent : au lycée, à la cafétéria... »

Mary soupira longuement.

« Je sais, avoua-t-elle, à regret. Excuse-moi, Bill, en ce moment je suis hypersensible. Je me demande ce qui m'arrive. »

Désireux de faire diversion, Bill changea de sujet de conversation.

« Au fait, Liz m'a dit que tu allais peut-être te charger des décors de son spectacle ! Formidable !

— Bien sûr », répliqua Mary sur un ton plein d'assurance.

En réalité, elle venait à peine d'en prendre la décision. Désormais, elle ne devait plus paniquer. Elle viendrait au bout de sa tâche, en outre Bill n'avait-il pas affirmé qu'il participerait au spectacle ?

Si la situation continuait à évoluer de cette manière, les répétitions constitueraient l'unique occasion de rencontrer Bill.

Les jumelles prirent place dans la petite Fiat rouge.

« Je n'arrive pas à croire que papa et maman mettent les voiles samedi », s'exclama Jessica.

Elle inclina le rétroviseur pour vérifier sa coiffure.

Elizabeth lui donna une tape sur la main.

« Pas touche ! Ce n'est pas un miroir ; figure-toi que ce modeste accessoire est censé empêcher les conducteurs d'avoir un accident. »

Jessica se renfonça sur son siège.

« Bien, bien, maugréa-t-elle. Ne te fâche pas ! »

Elizabeth tourna la clef de contact et fit vrombir le moteur.

« Papa et maman ont dit qu'ils partaient pour dix jours au moins, on va pouvoir en profiter. »

Elizabeth jaugea sa jumelle d'un long regard scrutateur.

« Qu'est-ce que tu entends par *profiter* ? »

Elle sortit du parking réservé aux lycéens.

« Profiter, c'est profiter ! Quelle question !

— N'oublie pas, Jess, que nous avons promis d'être bien sages et de nous comporter en personnes responsables. »

Jessica fronça le nez avec agacement.

Parfois sa jumelle faisait preuve d'une naïveté déconcertante.

« Tu as l'intention de te coucher comme les poules, par hasard ? La barbe ! Tu n'es vraiment pas rigolote. »

Elizabeth eut un sourire indulgent.

« D'après toi, je suis rabat-joie ?

— Vois-tu, commença Jessica sur un ton sentencieux, ce n'est pas que tu sois rabat-joie, c'est plutôt que tu n'as pas le goût du risque.

— Puisque tu le dis, admit Elizabeth en stoppant à un feu rouge.

— En ce moment, on étudie *Les Hauts de Hurlevent*, et M. Collins nous a expliqué que ce qu'il y avait de plus remarquable chez les sœurs Brontë, c'étaient leur très vive imagination et leur goût du danger. »

Elizabeth prit sa jumelle par le menton et l'obligea à tourner la tête pour la regarder dans les yeux.

« Qu'est-ce qui mijote dans ce joli petit crâne ? questionna-t-elle. Aurais-tu l'intention de parcourir les rues de la ville en pleine nuit en hurlant : "Heathcliff ! Heathcliff !" ?

— Tout de même pas, dit Jessica en riant. Mais je vais y réfléchir... »

Elizabeth se faufila dans la file de voitures.

« Et si on organisait une fête, proposa Jessica après quelques instants de réflexion, ce serait moins original mais plutôt sympa ? Tu ne crois pas ?

— Jessica ! gronda Elizabeth. Comment peux-tu songer à organiser quoi que ce soit en l'absence de nos parents ? Ils seraient furieux s'ils l'apprenaient.

— Oui, mais voilà, ils n'en sauront rien, protesta Jessica en écarquillant ses grands yeux bleu-vert avec innocence. Il ne s'agit pas d'une grande fête, s'empressa-t-elle de préciser. Lila et moi, on a décidé d'inviter quelques copains. Pas plus d'une dizaine. Toi, de ton côté, tu peux amener Todd et plusieurs autres », suggéra-t-elle dans un élan de générosité.

Elizabeth émit un petit grognement répro- bateur.

« Je t'en prie, Jess. Laisse-nous en dehors du coup, Todd et moi. J'ai déjà assez d'en- nuis comme ça, sans aller me filer la migraine avec votre réception. J'imagine déjà les catastrophes qui ne manqueront pas de pleuvoir. »

Jessica arbora une expression de pitié condescendante.

« Pauvre Liz, pauvre, pauvre Liz ! Ne comprends-tu pas que tu rates une occasion unique de mettre un peu de *fantaisie* dans ta morne existence ? Ce sera une fête superbe. Tout ce qu'il y a de plus correct et...

— Merci beaucoup, la coupa Elizabeth, ça ne m'intéresse pas. Je préfère vous laisser *la fantaisie,* à toi et à Lila. Mon petit doigt me dit que je n'aurai pas besoin d'assister à votre soirée pour en avoir des échos. »

Jessica rejeta en arrière ses cheveux blonds.

« Ne sois pas idiote, Liz. A t'entendre, Lila et moi ne sommes que des gamines irresponsables. Ne crois-tu pas qu'il serait temps de nous considérer comme des adultes ? »

Elizabeth haussa les sourcils.

« Laisse-moi rire. »

Elle engagea la Fiat dans la rue bordée d'arbres feuillus qui conduisait à la maison. Elle savait par expérience que, lorsque Jessica se lançait dans un projet, il fallait s'attendre à tout.

3

Ce vendredi après-midi, Elizabeth avait réuni les lycéens dans le grand auditorium du lycée afin d'établir la liste des participants au spectacle. Après avoir parcouru ses notes, elle s'adressa à Patty :

« Pat, tu as choisi de danser un extrait de *West Side Story*, c'est bien ça ? »

La fille approuva avec enthousiasme.

« Il est presque au point. J'ai la musique, le costume, enfin tout y est.

— Parfait », approuva Elizabeth avec un sourire rassuré. Puis, consultant à nouveau ses papiers, elle se tourna vers Todd. « Et toi, qu'est-ce que tu nous prépares ? »

Winston Egbert, connu comme le clown de la classe, ne lui laissa pas le temps de répondre.

« Je parie, railla-t-il, que nos tourtereaux vont nous interpréter un de ces trucs larmoyants style *Roméo et Juliette*.

— Tu t'es gourré, Egbert, figure-toi que j'ai l'intention de faire un one man show. »

Elizabeth lui adressa un clin d'œil complice et se mit à griffonner dans ses papiers.

« Et toi, Winston, que nous mijotes-tu pour notre régal ?

— Un numéro de magie, déclara Winston en adoptant un ton solennel. Ken sera mon partenaire et Jessica notre assistante.

— Ça c'est la meilleure ! protesta Jessica. Vous auriez tout de même pu me prévenir. Qu'est-ce que je suis censée faire ?

— Oh ! pas grand-chose », affirma Winston en faisant un signe mystérieux à son partenaire.

Ken Matthews, un garçon grand et athlétique, capitaine de l'équipe de football, regarda Jessica en se frottant les mains.

« Pour commencer, on t'enfermera dans une caisse, et puis on te sciera en deux.

— Très drôle, railla Jessica, si vous croyez que je vais me laisser torturer par deux sadiques de votre espèce !

— Du calme », l'interrompit sa sœur en désignant M. Collins qui venait de faire son apparition. Puis s'adressant à lui : « Voilà, jusqu'à présent, j'ai recruté douze participants. Chaque numéro devrait durer une dizaine de minutes, si l'on compte le temps pour changer de costumes et les applaudissements, cela fait environ deux heures de spectacle.

— Parfait, approuva M. Collins en examinant la liste qu'Elizabeth lui tendait. Où en êtes-vous pour les décors ? Mary accepte-t-elle de s'en charger ?

— Je ne sais pas encore, reconnut Elizabeth. Elle aurait dû me le confirmer par téléphone. J'ai l'impression qu'elle n'a pas encore pris sa décision. »

M. Collins se passa une main dans les cheveux.

« C'est fâcheux, déclara-t-il. Le temps presse. Il serait souhaitable que Mary nous informe dans les plus brefs délais. »

Elizabeth lui jeta un regard interrogateur.

« Si nous sommes pris de court, peut-être qu'il vaudrait mieux...

— Il ne faut surtout pas forcer la main à Mary, répondit M. Collins. La décision doit venir d'elle seule. Prévenez-moi dès qu'elle vous aura donné son accord. »

M. Collins était l'enseignant le plus connu et le plus apprécié de Sun Valley. Les cheveux blond cendré, les yeux bleus, le visage aux traits bien découpés, il avait un charme fou ; de plus il faisait preuve d'une patience infinie et savait se montrer attentif aux problèmes de ses élèves.

« A vos ordres, grand chef, plaisanta Todd, vous êtes psychologue. » Puis, se tournant vers le groupe d'élèves. « Et si on allait à la plage ? On l'a bien mérité après cette séance. »

Les lycéens se ruèrent vers la sortie. Elizabeth enfila son blouson de cuir et s'apprêtait à les imiter lorsqu'une voix la héla :

« Liz ! »

Elle se retourna et aperçut Patty dissimulée dans un coin. Celle-ci s'assura que la salle était déserte avant de laisser exploser sa colère.

« Je suis furieuse contre Mary ! J'ai l'intention de lui dire ses quatre vérités à la première occasion. »

Elizabeth fit signe à Todd, qui l'attendait sur le seuil de la porte, de patienter.

« Qu'est-ce qui se passe ? » demanda-t-elle.

Patty adorait son amie et il fallait qu'elle eût de sérieux reproches à lui faire pour manifester sa rancœur.

« Je lui avais recommandé d'assister à la réunion, expliqua Patty, et elle s'est défilée au dernier moment en apprenant que Bill avait renoncé à participer au spectacle.

— Oui, Bill m'a annoncé qu'il se retirait, admit Elizabeth. Mais qu'est-ce qu'il a à voir avec Mary ? »

Patty passa une main nerveuse dans ses boucles brunes.

« J'ai l'impression qu'elle ne peut plus rien faire sans lui. Elle ne le lâche pas d'une semelle. Liz, tu sais combien je tiens à Mary, c'est une fille formidable... mais depuis quelque temps, j'avoue qu'elle me déçoit. »

Lassé d'attendre, Todd s'était avancé vers les deux filles.

« Qui te déçoit ? demanda-t-il.

— Oh ! personne, répondit Patty. Je disais à Liz que Mary avait tort de tarder à donner sa réponse.

— J'avoue que cette histoire me dépasse, constata Elizabeth. Bill m'a expliqué qu'il était débordé en ce moment entre son entraînement à la piscine et son exposé, et qu'il n'aurait pas le temps de travailler son texte pour le spectacle. C'est clair. Mais, je le répète, je ne vois pas où est le rapport avec Mary.

— Moi, je le vois », rétorqua Patty.

Elizabeth poussa un soupir excédé.

« D'après toi, Mary refuserait de fabriquer les décors uniquement parce que Bill a décidé de se retirer ? »

Patty approuva à contrecœur.

« Laisse-moi te dire, Liz. Il y a un an à peine, Mary était la fille la plus indépendante que je connaisse. Au point que je me faisais du souci pour elle. Quand elle a commencé à sortir avec Bill, je me suis demandé si elle était capable d'avoir une histoire avec un garçon, non pas qu'elle ait mauvais caractère. Mais elle avait ses idées bien à elle, et des tas de projets...

— Bill lui ressemble, de ce côté-là, fit remarquer Todd.

— Je sais, reconnut Patty ; c'est pour cela que leur relation a bien marché jusqu'ici. Mais Mary est en train de changer. Et si ça continue comme ça, j'ai bien peur que nous ne puissions rester amies. Elle ne peut rien faire sans Bill. Elle est devenue comme son ombre. Elle ne s'intéresse qu'à lui, ne parle que de ses exploits. Elle rabâche toujours les mêmes chansons, elle me fait penser à un disque rayé !

— Je n'en reviens pas, s'exclama Elizabeth. Ça ne ressemble pas du tout à Mary...

— Et pourtant c'est la vérité, insista Patty d'une voix amère. Je me demande ce qui lui est arrivé. Le plus terrible, c'est que je ne sais pas comment aborder la question avec elle. Comment révéler à sa meilleure amie qu'elle est en train de perdre tout son charme et sa personnalité ? »

Todd et Elizabeth échangèrent des regards embarrassés.

« C'est délicat, reconnut Elizabeth.

— Oui, mais je dois quand même la mettre en garde.

— Comment vas-tu t'y prendre ? interrogea Todd.

— Pour commencer, je vais la convaincre de s'occuper des décors. Ensuite, je m'arrangerai pour l'obliger à se lancer dans des activités personnelles où Bill n'aura rien à voir.

— Tu as raison, approuva Elizabeth. Je te souhaite de réussir. »

Sur ces paroles encourageantes, elle s'éloigna au bras de Todd.

En marchant vers la plage, elle réfléchissait à la conversation qu'elle venait d'avoir avec Patty. Mary était-elle prête à prendre ses responsabilités ? Là était tout le problème.

Pendant ce temps, Mary attendait sur un banc du vestiaire, en griffonnant fébrilement dans son agenda, que Bill veuille bien sortir de la piscine.

Il surgit tout à coup devant elle, les cheveux encore humides, son sac de sport jeté par-dessus son épaule.

« Mary ! s'écria-t-il en l'apercevant. Qu'est-ce que tu fais là ? »

Mary bondit sur ses pieds, le visage cramoisi.

« Je me suis dit... j'ai... pensé que..., balbutia-t-elle, qu'on pourrait aller manger un morceau au *Dairy Burger*, tu dois être affamé après tous ces efforts. »

Bill eut une expression à la fois désolée et mécontente.

« Tu n'es pas au courant ? Ce soir, on fête l'anniversaire de ma mère. Excuse-moi, mais il faut que je me dépêche, j'ai promis de rentrer de bonne heure ; et, avant, je dois aller chez M. Fellows pour lui montrer le plan de mon exposé. »

Mary baissa la tête et se mit à tracer des lignes imaginaires avec la pointe de sa chaussure.

« Bill, je croyais qu'on allait passer la soirée ensemble. J'aurais dû t'en parler hier mais...

— Mary, ne m'en veux pas si je n'ai pas le temps de t'écouter. Je file. »

En embrassant son amie, il aperçut ses yeux brillants de larmes et sa lèvre qui tremblait, vision trop familière depuis un certain temps, et il se rembrunit.

Quelques minutes auparavant, il se sentait de fort bonne humeur. Il avait réalisé un temps excellent à la brasse papillon, et son entraîneur lui avait affirmé qu'il avait de grandes chances de remporter les épreuves régionales du vendredi soir. De plus, les recherches qu'il effectuait pour son exposé se révélaient enrichissantes. Bill avait choisi de traiter la Guerre civile, période qui le passionnait, et il se consacrait entièrement à son travail.

Et voilà que Mary par son comportement venait de tout gâcher. Bill la comprenait de moins en moins. Il avait le sentiment désagréable d'accumuler les maladresses à son égard. Lorsqu'ils se retrouvaient, elle passait son temps à se plaindre de son absence ou bien à regretter qu'il ne soit pas libre les jours à venir. Il devait alors la consoler et la rassurer, attitude qui commençait à lui peser.

Au début de leur relation, Bill avait été attiré par l'humour et la drôlerie de Mary. Elle s'intéressait à des quantités de choses ; la planche à voile, le patin à roulettes, la danse, le dessin, et se passionnait pour des matières aussi diverses que l'architecture, la cuisine exotique, les objets en papier japonais ou même le golf. Il appréciait sa compagnie car il partageait la plupart de ses goûts.

Jusqu'alors, Mary n'avait jamais abusé de son temps, n'exerçant pas la moindre pression sur lui, aussi se voyaient-ils sans contrainte, chaque fois qu'ils en éprouvaient le désir.

Bill n'aurait su dire à quel moment Mary avait commencé à se comporter différemment. Tout ce qu'il savait, c'est qu'elle avait perdu son bel enthousiasme et son sens de l'humour. Elle avait même renoncé à assister aux cours d'arts décoratifs dont elle rêvait depuis toujours.

Bill se sentait désemparé. Il était toujours amoureux de Mary, tout en supportant de plus en plus mal sa sensiblerie, sa dépendance et la façon dont elle analysait le moindre mot et le moindre geste. Il souhaitait la voir redevenir elle-même, heureuse et insouciante, passionnée par ses activités. Il attendait qu'elle s'intéressât à d'autres sujets qu'à lui-même.

Le plus étrange, c'est qu'il ne pouvait s'empêcher d'éprouver un sentiment de culpabilité. Il en arrivait à se demander si lui et Mary étaient faits l'un pour l'autre. Il aurait voulu passer ses rares moments de loisir à rire et à se détendre, et non pas à rassurer ou à consoler sa petite amie.

Aujourd'hui, après le cours d'espagnol, Diana Larson l'avait invité à aller au cinéma samedi après-midi. Le sachant amateur de vieux films en noir et blanc, elle lui avait offert une invitation pour *My little Chickadee*, de W.C. Fields. Diana était la chanteuse des *Droïds*, le groupe de rock de Sun Valley, célèbre dans toute la région. Grande et mince, elle avait un joli visage mis en valeur par des cheveux très courts coupés à la new-wave, un sourire éblouissant, et s'habillait de façon originale. Mais la qualité que Bill appréciait le plus en elle était son esprit d'indépendance.

En temps normal, Bill n'aurait pas hésité à faire part de cette invitation à Mary, mais, étant donné son étrange comportement, il avait jugé préférable de garder le silence.

« Bon, eh bien, puisque tu dois t'en aller, soupira Mary en le regardant au fond des yeux, je n'ai plus qu'à rentrer toute seule chez moi. »

Bill sentit le sang lui monter au visage et ses tempes battre. Il s'apprêtait à répondre, Mary le devança :

« Au fait, tu as ta voiture ? demanda-t-elle, soudain pleine d'espoir.

— Je te ramène », bougonna Bill.

Après avoir déposé sa copine, il prit la route qui conduisait chez son professeur d'histoire. Il pensait à Mary.

« Quel regard éperdu de reconnaissance elle m'a jeté, quand je lui ai proposé de la reconduire », songeait-il avec regret.

Mary était devenue une sorte d'animal familier, une marionnette qui ne ressemblait en rien à la fille vivante et épanouie qu'il avait aimée.

« *Je ne la reconnais plus. C'est comme si un habitant d'une autre planète s'était emparé de son être le plus intime et avait laissé une étrangère à la place.* »

Bill voulait retrouver l'ancienne Mary, il le désirait de tout son cœur.

4

*D*ans les tribunes de la piscine, Jim et Patty observaient avec une curiosité mêlée d'ironie Mary qui se levait et s'asseyait sur son banc en agitant le bras avec frénésie.

« Bill ! Bill ! » hurla-t-elle. Elle se laissa choir sur son siège. « Zut, il ne m'a pas entendue.

— Ça fait une éternité que je n'ai pas assisté à des épreuves de natation », fit remarquer Jim sur un ton maussade, tout en regardant le public enthousiaste qui se pressait sur les gradins. « Moi qui rêvais de dîner dans un petit resto intime, je suis servi ! »

Mary prit un air accablé.

« Je n'y suis pour rien, se défendit-elle, Bill s'est rappelé au tout dernier moment qu'il n'était pas libre. On ne pouvait tout de même pas l'abandonner.

— Pourquoi pas ? s'étonna Jim. C'est un grand garçon, et d'ailleurs on aurait pu le retrouver plus tard dans la soirée...

— Laisse tomber », lui conseilla Patty, en lui pressant la main pour l'inciter à ne pas poursuivre.

Jim changea aussitôt de sujet de conversation.

« Comment s'est passé ton semestre, Mary ? Tu fais toujours de la planche à voile ? Et les cours d'arts déco ? »

Mary se mit à fixer le bassin, fuyant le regard oblique de Patty.

« J'ai laissé tomber. Je ne fais pas grand-chose en ce moment. »

Jim eut un petit rire entendu.

« A part fréquenter les piscines ! »

Mary mordilla nerveusement l'ongle de son index. Tout à coup, elle tendit le bras et désigna le bord du bassin.

« Regardez, j'ai l'impression que Bill s'échauffe. Il est beau, hein ? »

Elle se pencha pour mieux admirer son corps athlétique.

Patty roula des yeux pour signifier à son copain :

« Tu vois, je n'ai pas exagéré ! »

Les mains jointes, Mary fixait son héros, peu soucieuse de la chaleur accablante qui pesait sur les tribunes et de la forte odeur de chlore qui se dégageait de l'eau ; elle attendait le signal annonçant le départ de l'épreuve. Elle espérait de toute son âme que Bill gagnerait, car sa victoire le rendrait heureux et le mettrait de bonne humeur pour toute la soirée.

C'était étrange, Mary n'était pas particulièrement ravie d'être avec ses amis, alors qu'elle l'avait souhaité impatiemment toute la semaine. Jim l'importunait par ses questions indiscrètes ; quant à Patty, elle se montrait plutôt distante. Depuis leur dernière conversation téléphonique où Patty l'avait mise en demeure d'accepter la proposition d'Elizabeth, elle lui battait froid.

Mary ne supportait plus qu'on l'interroge sur ses activités. Ses proches la harcelaient afin qu'elle reprenne ses cours d'arts décoratifs — sa mère, Patty, jusqu'à Bill qui s'était mis de la partie.

Mary avait d'excellentes raisons d'avoir abandonné, des raisons qu'elle ne pouvait confier à personne. Surtout pas à Bill !

Susan Jackson, un jeune professeur de dessin qui exerçait dans une école d'arts décoratifs, était réputée dans toute la Californie pour son talent. Sans la connaître, Mary lui vouait une profonde admiration ;

aussi fut-elle très fière de pouvoir fréquenter ses cours. Dès le premier jour, Mme Jackson reconnut les dons de Mary et lui promit — contre un peu de persévérance — une brillante carrière dans la décoration.

Un après-midi, après la leçon, elle invita son élève dans un salon de thé. Toutes deux bavardèrent longuement de sujets très intimes et Mme Jackson confia qu'après son divorce, qui remontait à un an, quelque chose s'était brisé en elle. Parfois l'angoisse la saisissait et elle regrettait son mari.

Lui s'était remarié avec une jeune femme toute simple et sans ambition ; une épouse attentive et soumise — tout le contraire d'elle, qui avait accordé la priorité à sa carrière.

« *Comme maman,* avait songé Mary avec désespoir. *A partir du moment où elle a voulu travailler et devenir indépendante, papa l'a laissée tomber.* »

En quittant Mme Jackson, Mary avait pris sa décision : elle ne remettrait plus les pieds dans cette école.

« *Ce qui compte, c'est que Bill sache que je l'aime et que j'ai besoin de lui. Il faut qu'il sache que je dépends de lui ; qu'il compte plus que tout au monde.* »

Si sa mère avait agi comme elle, peut-être son mari ne l'aurait-il jamais abandonnée. Qui sait ?...

Ses réflexions furent interrompues par le haut-parleur annonçant le cent mètres papillon. La course que Bill ne manquerait pas de gagner.

Mary bondit sur ses pieds et se mit à hurler son nom pour l'encourager. Lorsqu'il s'avança vers le bord du bassin en agitant les bras pour se décontracter, elle ne put s'empêcher d'admirer ses muscles longs et de se sentir fière de lui.

Le signal du départ donné, les six concurrents plongèrent avec un ensemble parfait. Durant la première partie de la course, Bill se retrouva en deuxième position derrière un nageur de Lawrence, mais dans la seconde partie il commença à remonter son concurrent. Bientôt les deux adversaires ne furent plus éloignés que par une longueur de tête, enfin Bill finit pas le rejoindre, puis par le dépasser, et il atteignit la ligne d'arrivée avec une fraction de seconde d'avance.

Mary crut défaillir de joie. Enjambant son banc, elle dévala les tribunes sans se préoccuper des spectateurs et se rua vers le bassin. Elle n'avait qu'une seule idée en tête : féliciter Bill et lui dire combien elle l'aimait.

Elle se fraya un chemin parmi la foule qui entourait les vainqueurs et courut vers son ami en hurlant :

« Bill !

— Mary ! Qu'est-ce que tu fais là ? »

Elle s'arrêta net dans son élan. Bill la fixait d'un regard sévère et réprobateur. Ce n'était pas ainsi qu'elle s'était imaginé leurs retrouvailles. Bill ne manifestait aucune joie d'avoir remporté la victoire. Il ne semblait pas heureux de sa présence, au contraire il avait l'air gêné.

Elle s'avança vers lui, noua les bras autour de son cou et lui murmura à l'oreille :

« Tu sais, je suis fière de toi. »

Elle n'entendit pas sa réponse à cause du brouhaha, mais en le sentant se raidir contre elle, elle comprit que la soirée était irrémédiablement gâchée.

Tout en écoutant de la musique, Jessica bavardait avec Lila dans la chambre de son amie. Lila changea le disque de face et Jessica profita de cette diversion pour exprimer ses doutes :

« Tu ne crois pas que trente invités, ça fait beaucoup ? La maison est trop petite pour tous les accueillir ! »

Lila appuya sur le bouton de son compact-disques et se laissa choir sur l'épaisse moquette.

« C'est vrai, ricana-t-elle, j'oubliais que tu habitais une maison de poupée. »

Jessica eut un rire forcé.

La villa des Wakefield était plutôt spacieuse et les membres de la famille y vivaient très à l'aise, mais, comparée à la demeure des Fowler, elle paraissait minuscule.

« Désolée, Lila, remarqua Jessica d'un ton sec, mais on fait avec ce qu'on a ! »

Lila ignora le sarcasme.

« A présent, je vais te révéler le *secret* pour réussir une soirée, minauda-t-elle, en admirant ses ongles effilés.

— Je suis impatiente de t'entendre. »

Lila avait la réputation de faire des réceptions somptueuses, mais pour Jessica il n'existait pas de *secret*. Ou plutôt le *secret* qui permettait de s'offrir un excellent orchestre, un compact-disques, une cuisine raffinée, et un cadre prestigieux, c'était *l'argent*.

Or, les Fowler étaient richissimes, et Lila se faisait un plaisir de dépenser leur fortune.

« Le secret d'une soirée réussie réside dans le choix des invités, annonça Lila.

— Qu'est-ce que ça veut dire ? » railla Jessica.

Malgré son ton ironique, elle avait besoin du concours de son amie, car elle-même n'avait encore jamais eu l'occasion d'organiser une réception. Et l'absence de ses parents augmentait encore son appréhension.

« Je veux parler des garçons, expliqua Lila avec un air mystérieux. Si tu invites les gars du bahut, autant passer la soirée dans une discothèque. »

En prononçant le dernier mot, elle affichait un air méprisant. Il faut dire que depuis deux mois elle sortait avec Drake Howard, étudiant à l'Université, qui ne fréquentait que les clubs sélects.

Jessica se mordit les lèvres pour ne pas protester. Elle adorait les discothèques, mais il valait mieux se montrer diplomate en la circonstance et ne pas froisser Lila.

« Tu n'as qu'à inviter des étudiants de Delta Theta, le club de Drake, il n'y a que des types super ! Écoute-moi, je te fais une proposition : je téléphone à Drake pour lui dire d'amener ses meilleurs copains. De ton côté, tu peux inviter quelques élèves du lycée... mais le moins possible.

— Je me demande... hésita Jessica. Des étudiants ? Ils ne sont pas un peu trop vieux pour nous ? J'ai peur que... »

Elle s'interrompit devant l'expression ahurie de Lila.

« Dis donc, tu portes encore des couches-culottes ou quoi ? Tu fais comme tu veux, Jess. Moi, je me suis contentée de te donner mon avis — et encore parce que tu me l'as demandé. Pour moi, passer une soirée avec les imbéciles du lycée, c'est un peu comme...

— O.K., O.K., lui accorda Jessica. Téléphone à Drake mais surtout dis-lui d'amener juste quelques copains. Si mes parents savaient... »

Lila haussa les épaules, l'air outré.

« Jessica Wakefield, pour qui me prends-tu ? » Puis se radoucissant. « Ne t'inquiète pas. Tout se passera bien. Je m'occupe de tout. »

Jessica sentit son estomac se serrer.

« D'accord, parvint-elle à articuler. Mais juste quelques-uns...

— Évidemment. Je suis sûre que ce sera une fête superbe et qu'on n'oubliera pas avant longtemps.

— Je n'en doute pas, lâcha Jessica entre ses dents. Mais...

— Il n'y a pas de *mais* qui tienne. Maintenant, tu n'as plus qu'à rentrer chez toi et à souhaiter un *bon voyage* à tes parents. Et cette nuit, tu pourras rêver de la fête. »

« *Et faire des cauchemars* », rectifia Jessica en elle-même.

Mais elle était de nature trop optimiste pour s'abandonner au découragement. Demain, ses parents partaient pour le Mexique ! La maison lui appartiendrait tout entière.

Sur le chemin du retour, elle réussit à se rassurer.

« *Lila a raison. Ce serait terriblement ennuyeux d'inviter des types du lycée. Qui sait ? parmi les étudiants, je rencontrerai peut-être l'homme de ma vie ?* »

« Todd, qu'est-ce qui ne va pas ? Tu as l'air soucieux ? » interrogea Elizabeth en plongeant son regard dans les yeux bruns de son copain.

Après le dîner, le couple s'était rendu au Miller's Point, un endroit panoramique d'où l'on pouvait admirer la vallée toute piquetée des lumières de Sun Valley. Ils avaient passé une excellente soirée au restaurant en compagnie d'Enid Rollins, Olivia Davidson, Roger Patman et du nouveau copain d'Enid, Paul. Elizabeth se réjouissait que sa meilleure amie eût enfin rencontré un garçon qui lui plaisait, après le choc qu'elle avait subi quand George l'avait laissée tomber.

Au cours du repas, Todd, habituellement si loquace, s'était muré dans le silence et avait à peine touché à la nourriture. Elizabeth avait craint de l'avoir froissé par inadvertance, mais en sortant du restaurant, il l'avait attirée contre lui et embrassée de telle manière qu'elle avait compris qu'elle n'était pas responsable de sa tristesse.

En se retrouvant en tête à tête avec lui, elle s'était crue autorisée à l'interroger.

« Dis-moi ce qui ne va pas, Todd.

— Rien.

— Allez, fit-elle avec un sourire encourageant, tu ne vas pas faire des cachotteries à ta vieille Liz ?

— Si », répondit Todd sèchement.

Le sourire d'Elizabeth se figea sur ses lèvres.

« C'est si grave que ça ? »

Elle insista pour qu'il se confie et il finit par avouer de mauvaise grâce.

« On m'a fait une remarque désobligeante au bureau, et depuis je n'arrête pas de la ressasser. »

Todd travaillait quelques heures par semaine pour son père et Elizabeth, qui le connaissait bien, le savait incapable de s'inquiéter pour une simple réflexion.

« Je ne te crois pas. Trouve une explication plus plausible.

— Je ne peux rien dire, assura Todd. Je t'en prie, Liz, n'insiste pas. »

Le visage de Todd se rembrunit ; il parut hésiter, puis dans un élan prit Elizabeth dans ses bras et l'attira à lui.

« Non, ce n'est pas grave.

— Je suis soulagée. »

Elle appuya sa tête contre le torse de son ami, là où battait son cœur.

« Liz, qu'est-ce que je deviendrais sans toi ? » soupira-t-il en la serrant contre lui.

« Espèce d'idiot, se récria-t-elle, qui te parle d'être *sans moi* ? »

Elle lui caressa doucement les cheveux en un geste d'apaisement.

« *Quelle pensée stupide !* se dit-elle. *Comment peut-il envisager un seul instant de se passer de moi ?* »

5

*L*e samedi matin, Bill Chase savourait le plaisir de flemmarder au lit et s'amusait à observer les figures changeantes que la lumière du soleil projetait sur les murs de sa chambre.

« *Quelle semaine dingue !* » songea-t-il. Il n'avait pas eu un moment à lui. La veille... Il poussa un grognement de dépit en se remémorant la soirée désastreuse. Tout avait bien commencé par sa victoire au cent mètres papillon. Et voilà que Mary avait tout gâché en se précipitant vers lui et en le félicitant comme s'il venait de remporter une médaille d'or aux Jeux olympiques ! Son enthousiasme excessif lui avait causé un profond malaise, mais il n'avait pas osé le lui faire remarquer par crainte de la blesser.

Depuis quelque temps, il n'était plus lui-même en présence de Mary, devenue d'une sensibilité morbide et faisant une scène à la moindre contrariété. Elle se comportait comme si elle voulait provoquer un drame, une rupture...

Bill croisa les mains sous la nuque et se mit à examiner le plafond. Pour lui, la scène de la veille constituait un point de "non-retour".

Après la piscine, ils avaient retrouvé Patty et Jim, et tous quatre s'étaient rendus au restaurant chinois. La soirée avait bien commencé ; Patty et Jim se réjouissaient de la présence de Bill, et Jim les avait fait rire par ses plaisanteries et ses bons mots habituels. Vers le milieu du dîner, Mary s'était tue. A deux reprises elle s'était excusée et s'était précipitée dans les toilettes. La deuxième fois, elle s'était absentée si longtemps que Patty, inquiète, avait fini par aller vérifier qu'elle n'était pas victime d'un malaise.

Plus tard, alors que Bill la ramenait chez elle dans sa voiture, elle avait fondu en larmes.

« Pourquoi pleures-tu ?

— Oh, pour rien. Et puis si : je suis malheureuse ! Vous aviez l'air de bien vous marrer, et vous m'avez laissée toute seule dans mon coin. »

Bill s'était efforcé de la consoler et de la rassurer en lui jurant qu'il tenait à elle, que rien n'avait changé, mais ses propos manquaient de sincérité. Épuisé par son exploit sportif de la soirée, il n'avait nulle envie d'approfondir les états d'âme de sa copine.

« Écoute, dit-il sur un ton un peu rude, tu as toujours prétendu que ce qu'il y avait de plus important entre deux êtres, c'était la confiance. Tu doutes de mon amour ? Tu voudrais m'obliger à te faire des déclarations à chaque minute ? »

Mary le fixait en silence, les yeux brillants de larmes contenues.

« *Bon, oublie-la pour l'instant* », s'ordonna-t-il à lui-même en s'asseyant dans son lit. Ce soir, il avait rendez-vous avec elle, et elle ne manquerait pas de trouver un prétexte pour lui faire une scène. Alors, autant savourer cette matinée de détente...

Il abandonna son lit, se rendit dans la salle de bains et ouvrit le robinet de la douche, laissant couler l'eau chaude sur son visage. A deux heures, il rejoindrait Diana devant le cinéma *Le Plazza*. Il se réjouissait d'assister à la projection de *My little Chickadee*, l'un des rares films de W.C. Fields qu'il n'eût pas vus. De plus, Diana était d'agréable compagnie : intelligente, spirituelle et imaginative. Peut-être était-ce le fait d'appartenir à un groupe de rock qui la rendait plus libérée et mûre que la plupart des filles de son âge.

Bill ne pouvait s'empêcher de comparer Diana et Mary... toutefois, il n'avait aucune visée sur la première, se sachant, par expérience, incapable de remplacer une fille par une autre.

« *Qu'est-ce que je dois faire ?* » s'interrogeait-il en offrant son visage à la tiédeur bienfaisante de l'eau.

Fils unique, Bill avait été épris d'indépendance depuis son plus jeune âge, passant la majeure partie de son temps à pratiquer la planche à voile en solitaire. Il n'éprouvait pas le besoin, contrairement aux autres enfants, d'avoir des copains.

A force de rester seul, il était devenu timide et renfermé, et fuyait la compagnie des filles. Jusqu'au jour où il rencontra Julianne et tomba éperdument amoureux de cette très jolie blonde aux longs cheveux soyeux et aux yeux mauves. Ils furent très heureux ensemble, car ils partageaient les mêmes goûts et les mêmes aspirations. Jusqu'à cette terrible nuit où, au cours d'une fête, ils se disputèrent pour une vétille — une histoire sordide de jalousie. Offensée, Julianne quitta la soirée et se fit raccompagner chez elle en voiture par un ami. Cette nuit-là, il pleuvait, le véhicule dérapa sur la chaussée glissante et s'écrasa contre un talus. Julianne fut tuée sur le coup.

En apprenant le tragique accident, Bill voulut mourir à son tour. Il sortit sa planche à voile et se laissa emporter au large par une forte houle. Il aurait péri noyé s'il n'eût été sauvé par un bateau de pêcheur et ramené, inanimé, sur le rivage. Longtemps, il demeura inconsolable. Puis un jour, il comprit que Julianne aurait souhaité qu'il surmontât son chagrin : il ne pouvait continuer à s'abandonner au désespoir, il résolut de vivre.

Pierre après pierre, il reconstruisit l'édifice de sa vie. Toutefois, il évitait la compagnie des filles ; Julianne disparue, aucune ne la remplacerait jamais.

Pendant un temps, troublé par la ressemblance entre Julianne et Jessica, Bill crut tomber amoureux de la terrible jumelle. Très vite, il comprit sa méprise ; Jessica ne tenait pas à lui et, de plus, elle était loin de posséder les qualités de sa défunte amie.

S'il aimait, un jour, ce serait un être différent et qui n'aurait rien à voir avec Julianne. C'est alors qu'il fit la connaissance de Mary. Petite et musclée, elle était tout l'opposé de Julianne ; ses cheveux bruns bouclés, ses yeux noisette et son visage criblé de taches de rousseur lui donnaient une beauté singulière et elle avait une forte personnalité. Comme Bill, elle était fille unique et, comme lui, elle avait souffert du divorce de ses parents. Comme Bill, elle était une véliplanchiste convaincue.

Enfin, elle savait écouter, se montrer attentive et être généreuse.

« *Je l'ai peut-être idéalisée* », songea Bill en sortant de la douche. Malgré ses bonnes résolutions, il se pouvait qu'il fût tombé amoureux d'une image, d'un être auquel il avait attribué des qualités imaginaires.

« *Pourvu que je ne me sois pas trompé* », se dit-il encore.

« J'adore W.C. Fields, déclara Diana en plongeant la main dans son sachet de pop-corn.

— Moi aussi, approuva Bill avec enthousiasme, j'ignorais que tu étais une fana des vieux films en noir et blanc.

— J'ai un faible pour ceux d'Hitchcock, lança Diana entre deux bouchées de pop-corn. Surtout *Psychose* et *Les Oiseaux* ! »

Bill lui jeta un regard empreint d'admiration. C'était la première fille qu'il rencontrait à ne pas être terrorisée par ce genre de cinéma.

« Comme acteurs, poursuivit Diana, j'ai une grande admiration pour James Cagney et pour les femmes, Katharine Hepburn. J'ai vu *Indiscrétions* une bonne dizaine de fois. Je passe ma vie dans ce ciné, conclut-elle en désignant la salle de style Art déco. Ici, on joue pas mal de films étrangers. J'en profite pour perfectionner mon français. Quand je vois un film de Truffaut, je m'efforce de ne pas lire les sous-titres anglais.

— Comment est-ce que tu trouves le temps d'aller au cinéma avec toutes tes occupations ? » questionna Bill, stupéfait.

Diana consacrait de nombreuses heures aux répétitions avec les *Droïds* et à son travail scolaire — elle se montrait d'ailleurs brillante élève.

Elle haussa les épaules avec désinvolture.

« Question d'organisation. Je vais au ciné toute seule, ça me détend après le boulot. »

« *Incroyable !* songea Bill. *Elle n'a besoin de personne pour l'accompagner. Quelle fille indépendante !* » Il était sur le point de l'interroger, lorsque les lumières de la salle s'éteignirent et les rideaux s'écartèrent, laissant apparaître l'écran géant. Bill se cala sur son siège en poussant un soupir de satisfaction. L'après-midi promettait d'être agréable...

« Formidable ! Encore mieux que je ne m'y attendais », s'exclama Diana en sortant de la salle de cinéma.

Bill cligna les paupières le temps de s'adapter à la lumière du jour.

« Moi aussi, j'ai beaucoup aimé. Et si on mangeait quelque chose, on pourrait discuter du film ?

— Ça serait sympa ; malheureusement, je dois aller chercher mon copain à la gare. Une autre fois, peut-être.

— D'accord. Alors, on se quitte ?

— Oui. Salut, Bill. Au fait, si ça t'intéresse, je peux te donner une place gratuite pour un concert de rock, un groupe de la côte Est, il paraît qu'il est génial.

— Si ça m'intéresse ! approuva Bill. Je te téléphone lundi ou mardi pour...

— Bill Chase ! Bill ! »

Une voix familière venait de le héler. Il se retourna et sentit un pincement au creux de l'estomac en découvrant sur le trottoir d'en face Jessica, flanquée de son inséparable amie, Clara. Les deux filles devaient faire des courses car elles avaient les bras chargés de paquets.

Elles s'empressèrent de rejoindre Bill.

« Quel après-midi magnifique ! s'exclama Jessica, en coulant un regard oblique vers Diana. Qu'est-ce que vous fabriquez devant *Le Plazza* ? Surtout ne me dites pas que vous sortez du ciné ! Par un temps pareil, ce serait un crime de s'enfermer !

— C'est... c'est-à-dire... que... oui, balbutia Bill.

— On vient de voir *My little Chickadee*, précisa Diana. Mais ça valait le coup de rester "enfermés", hein, Bill ?

— Oui... oui, approuva le garçon en rougissant jusqu'aux oreilles.

— Humm, humm, fit Jessica, je comprends. » Elle adressa un regard lourd de sous-entendus à Clara qui n'avait pas prononcé un mot. « Bon, eh bien, on vous laisse... On a encore des tas de courses à faire. » En s'éloignant, elle lança négligemment par-dessus son épaule : « Ça m'a fait plaisir de te voir, Diana. »

« *Zut et zut* », pesta Bill après avoir pris congé de Diana. S'il y avait une personne au monde qu'il aurait voulu éviter, c'était bien Jessica Wakefield. Elle ne lui avait jamais pardonné de lui avoir préféré Mary et ne perdrait aucune occasion de lui lancer des piques ou de colporter des ragots. « *Peut-être,* se dit-il afin de se rassurer, *que pour une fois elle aura d'autres chats à fouetter que de cancaner derrière mon dos. Pourvu qu'elle ne dise rien à Mary ! Si elle apprend que je suis allé au cinéma avec Diana, elle va me faire une de ces scènes !* »

Mais il ne voulait pas penser à Mary : cette journée avait trop bien commencé, inutile de la gâcher par des pensées moroses.

6

*L*e dimanche matin, à huit heures sonnantes, Jessica fit irruption dans la chambre d'Elizabeth.

« Je n'arrive pas à croire que la maison soit à nous », claironna-t-elle en tirant les rideaux.

Elizabeth enfouit la tête sous la couverture en bougonnant.

« Ce n'est pas une raison pour m'éveiller en fanfare ! »

Jessica prit un air offensé.

« J'avais l'intention de faire la lessive, protesta-t-elle. Tu as du linge à laver ? »

Elizabeth émergea de sous la couverture et se redressa en se frottant les yeux.

« La lessive ? répéta-t-elle, interdite. Tu as perdu la tête, ou quoi ? Tu ne l'as jamais faite de ta vie !

— Raison de plus pour commencer. Allez, Liz, bouge-toi un peu et donne-moi tes draps. »

Elizabeth se mit à fixer sa jumelle comme si elle venait de perdre la raison.

« Tu es vraiment dingue !

— Absolument pas ! assura Jess en commençant à tirer sur le drap. En l'absence de papa et maman, je suis libre de faire ce qui me plaît.

— Tu oublies que papa a demandé à Steve de jeter un coup d'œil sur nous à l'occasion et qu'il peut débarquer à tout moment.

— Qu'il vienne ! Je n'ai rien fait de mal ! Je m'efforce de garder la maison propre et en ordre. Bon, à présent, assez discuté, Liz, j'ai besoin de tes draps. »

Elizabeth abandonna son lit à contre-cœur.

Jessica ôta les draps et les jeta dans la corbeille à linge. Elizabeth haussa les épaules puis demanda :

« Au fait, j'ai prévu une réunion ce soir à la maison pour discuter du spectacle. Tu as l'intention d'y assister ?

— Peut-être. » Elle eut un sourire oblique. « Mary Gordon sera là ? »

Elizabeth étouffa un bâillement.

« J'espère. Je compte sur elle pour les décors.

— Alors tu peux compter *aussi* sur moi », assura Jessica en s'éloignant avec le panier à linge.

« Oui, tu peux compter sur moi, se répéta-t-elle avec un petit sourire en coin, *je meurs d'envie de rencontrer cette chère Mary. »*

Elle ne lui avait jamais pardonné de lui avoir "volé" Bill. Un an auparavant, les lycéens de Sun Valley avaient monté une pièce dans laquelle Jessica et Bill tenaient les premiers rôles. Mary avait fait savoir que son père — producteur de films — avait remarqué un jeune "talent" parmi les comédiens. Bien entendu, Jessica avait été persuadée qu'il s'agissait d'elle, comment aurait-il pu en être autrement ? Elle s'imaginait déjà se pavanant dans les studios d'Hollywood en véritable star. En fait, M. Gordon s'intéressait à Bill. Jessica avait cru mourir de honte et de désespoir. Non seulement Mary lui avait enlevé son soupirant, mais celui-ci venait d'être reconnu comme le meilleur acteur de la troupe.

Mary méritait d'être punie. Jessica attendait depuis des mois l'occasion de se venger et voilà que le *destin* volait à son secours. Peut-être Mary était-elle au courant de l'escapade de son copain ; dans ce cas, elle sèmerait le doute dans son esprit, et si, comme elle le supposait, Bill avait agi en cachette, la partie était gagnée d'avance.

Jessica descendit au sous-sol pour faire la lessive. Elle s'approcha de la machine à laver et l'examina avec curiosité.

« Comment ça marche, cet engin ? » se demanda-t-elle à voix haute.

Elle remarqua qu'il y avait six boutons ; l'un d'eux indiquait "marche" et un autre "arrêt". Une inscription en lettres rouges précisait : "Attention ! Ne pas surcharger !"

« Qu'est-ce qu'on entend par "surcharger" ? » s'interrogea encore Jessica en jaugeant le tas de linge. Après avoir réfléchi un instant, elle jeta le tout dans le tambour en tassant pour le faire entrer puis versa le contenu d'un demi-paquet de poudre à laver. Après qu'elle eut appuyé sur plusieurs boutons au hasard, la machine se mit en marche.

« Quel drôle de bruit », remarqua Jessica en entendant des grincements sinistres.

Mais n'ayant jamais prêté attention au fonctionnement d'un lave-linge, elle ne s'en inquiéta pas outre mesure.

Elle grimpa quatre à quatre les marches de l'escalier conduisant au rez-de-chaussée et s'engouffra dans la cuisine.

« C'est formidable ce que je peux me sentir indépendante quand papa et maman ne sont

pas là, songea-t-elle. *Je vais passer une semaine sensationnelle. »*

Elle s'approcha d'une étagère et prit un livre de cuisine.

« Lila a beau dire que le choix des invités est la chose la plus importante, moi je crois que la nourriture compte pour beaucoup. »

Elle feuilleta le livre et décida de confectionner une pizza. La recette lui parut facile et, si elle la réussissait, elle pourrait la refaire pour ses invités, samedi soir.

A ce moment-là, Elizabeth entra dans la cuisine et mit la bouilloire sur le feu.

« Qu'est-ce que tu fabriques encore ? demanda-t-elle en humant l'odeur de friture.

— Je fais cuire des champignons, qu'est-ce que tu crois ? s'insurgea Jessica, comme si la chose relevait de l'évidence.

— Pour le petit déjeuner ?

— Mais non !

— Tu ne préfères pas plutôt des céréales ?

— Je prépare la garniture pour une pizza. Je fais revenir des champignons, ensuite j'ajouterai la sauce tomate, des aromates et tout et tout... » Elle s'essuya les mains à son tablier. « Je m'entraîne pour samedi. Si la pizza est bonne, j'en servirai à mes invités. »

Elle s'interrompit en percevant un bruit insolite en provenance du sous-sol.

« Qu'est-ce que c'est que ce boucan ? s'étonna Elizabeth.

« — Aucune idée, assura Jessica en se ruant néanmoins hors de la cuisine.

— Où vas-tu ? interrogea Elizabeth lui emboîtant le pas.

— Mon Dieu ! s'exclama Jessica, en dévalant les marches de l'escalier. Pourvu que je n'ai pas "surchargé" !

— Tu n'as pas mis tout le linge ? s'enquit Elizabeth, affolée. Oh non ! »

Jessica s'immobilisa devant la porte de la buanderie. Ses craintes se trouvaient confirmées : une quantité impressionnante de mousse s'était infiltrée sous la porte et répandue sur le sol, et la machine vibrait avec un bruit effroyable qui ébranlait les cloisons.

Elizabeth se couvrit les oreilles de ses mains et se mit à crier :

« Arrête-là !

— O.K. », obéit Jessica, qui n'en menait pas large. Elle hésita un instant avant de s'aventurer dans la marée mousseuse qui continuait d'affluer, puis ouvrit la porte d'un grand coup de pied. En face d'elle, la machine tanguait dangereusement à chaque tour de tambour.

« Quel bouton ? demanda Jessica en s'avançant sur la pointe des pieds.

— Le bleu ! » hurla Elizabeth pour couvrir le vacarme.

Jessica appuya sur le bouton indiqué, et après deux ou trois soubresauts, la machine s'immobilisa.

« Quel gâchis ! se plaignit Jessica en parcourant d'un regard atterré le sol de la buanderie. On aurait presque besoin d'une barque !

— Oui, mais le pire, renchérit Elizabeth, c'est que le lave-linge a dû en prendre un sacré coup. Il va falloir le faire réparer et maman devra... »

Jessica avait cessé de l'écouter, le nez en l'air, elle flairait une odeur de brûlé provenant de la cuisine.

« Les champignons », gémit-elle.

Bousculant Elizabeth, sans prendre le temps d'essuyer ses jambes couvertes de mousse, elle se précipita vers l'escalier qu'elle gravit en trombe. Elle pénétra dans la cuisine juste à temps pour apercevoir l'huile de la poêle qui s'enflammait. Elle saisit un torchon et le jeta sur les flammes, mais le torchon brûla à son tour.

« Au feu ! Au feu ! » s'écria Elizabeth qui venait à son tour d'arriver.

A cet instant précis, la sonnerie du téléphone retentit.

« Réponds, Liz, supplia Jessica, au bord des larmes, tu vois bien que j'ai des problèmes ! »

Elle jeta le torchon carbonisé dans l'évier, saisit un paquet de farine qu'elle vida dans la poêle, ce qui eut pour effet d'étouffer le feu instantanément.

Jessica poussa un soupir de soulagement et frotta ses yeux irrités par la fumée qui avait envahi la cuisine.

Elizabeth décrocha alors le téléphone et annonça d'une voix de stentor :

« C'est papa et maman ! Ils demandent si tout va bien. Quelle coïncidence ! »

A présent que tout danger se trouvait écarté, elle pouvait se permettre de faire de l'ironie.

Jessica ouvrit tout grand la fenêtre pour laisser l'air se renouveler.

« Dis-leur que tout baigne dans l'huile, railla-t-elle, ils n'ont aucun souci à se faire ! »

Le comique de la situation fit éclater de rire les deux sœurs.

« Oui, maman, assura Elizabeth en reprenant son sérieux, tout va bien... C'était ce qu'on était en train de se dire avec Jess, juste avant que tu nous appelles. Jess va pouvoir te le confirmer elle-même. »

Jessica jeta le torchon dans la poubelle et s'empara du combiné.

« Surtout, ne te fais aucun souci », insista-t-elle en étouffant un fou rire car Elizabeth lui faisait des grimaces comiques.

A l'autre bout de la ligne, Mme Wake-field, qui ne se doutait de rien, continuait de prodiguer ses conseils :

« Surtout ne touchez pas au projet de décoration que j'ai laissé sur la table du salon. Je ne possède pas de double et il faut absolument...

— Compte sur nous, maman », approuva d'une voix distraite Jessica, absorbée par ses propres pensées.

« Et dire que j'étais partie d'un si bon pied ce matin, pourquoi est-ce que tout a tourné à la catastrophe ? Si le réparateur ne vient pas demain pour la machine, ma soirée de samedi risque de se transformer en baignade ! »

Jessica faillit s'étrangler de rire en enten-dant sa mère s'extasier sur les vertus ména-gères de ses filles, puis poussa un soupir de soulagement en apprenant que ses parents, ravis de leur séjour, le prolongeraient sans doute.

A l'allure où les catastrophes se succé-daient, il ne lui faudrait pas moins d'une semaine pour remettre la maison en état.

Vendredi soir, les lycéens, réunis dans le salon des Wakefield, s'entretenaient de l'or-ganisation du spectacle.

Jessica offrit des chips à Mary et lui chu-chota au creux de l'oreille :

« Ça ne te dérange pas de me suivre dans la cuisine ? J'aimerais te demander un truc sur les décors.

— Bien sûr », dit Mary, étonnée que Jessica daigne lui adresser la parole.

Toutes deux se levèrent et abandonnèrent la réunion. Elizabeth, absorbée par une conversation avec Winston, ne remarqua pas leur disparition.

Jessica offrit une chaise à Mary et se jucha sur la table en croisant les jambes.

« C'est dommage que Bill se soit retiré du spectacle, déclara-t-elle de but en blanc, oubliant de parler des décors. C'est un merveilleux comédien.

— Tu es gentille de dire ça, murmura Mary en rougissant de fierté. Je regrette aussi, mais il est si occupé, il passe ses journées à la piscine et en plus il doit bosser à son expo d'histoire !

— Je sais, fit Jessica et j'ai été très étonnée de le rencontrer devant *Le Plazza*, samedi après-midi, en compagnie de Diana. Je me demande comment il trouve le temps de se distraire avec tout le boulot qu'il a ! Il faut reconnaître que Bill est un type exceptionnel et qu'il a une capacité de travail surprenante. »

Le visage de Mary avait perdu sa couleur rosée et était devenu d'une pâleur livide.

« Tu... tu as vu Bill... sortir du cinéma avec Diana, balbutia-t-elle. Tu es sûre ?

— Absolument, confirma Jessica en réprimant un sentiment de triomphe. Tu n'étais pas au courant ?

— Non.

— Zut, j'ai fait une gaffe ? dit-elle sur un ton de parfaite innocence. Pourtant, Bill et Diana avaient l'air de bien s'amuser. Tiens, maintenant que j'y pense, je me suis demandé pourquoi tu n'étais pas avec eux. »

Mary bondit sur ses pieds et faillit renverser sa chaise.

« Jess, rends-moi un service. Dis à ta sœur que j'ai été obligée de partir. Je viens de me rappeler que j'avais promis de rendre la voiture à maman à neuf heures.

— Ne t'inquiète pas, la rassura Jessica, je transmettrai le message. »

Elle suivit d'un regard songeur la malheureuse fille qui s'était précipitée vers la porte.

Elle n'aurait jamais imaginé que son plan réussirait à ce point. Elle était vengée au-delà de toutes ses espérances. Si elle se fiait à la réaction de Mary, Bill allait passer un mauvais quart d'heure.

« *Après tout, ce n'est pas ma faute,* songea Jessica. *Si Bill s'était montré honnête avec sa dulcinée, il ne se retrouverait pas dans d'aussi sales draps.* »

7

*A*près avoir écouté les implacables révélations de Jessica, Mary avait couru chez elle pour téléphoner à Bill. Malheureusement, la mère de celui-ci lui avait répondu qu'il était absent.

Le lundi matin, au lycée, Mary eut toutes les peines du monde à suivre les cours : une seule pensée l'obsédait : Bill était sorti avec Diana.

« *Quelle idiote j'ai été,* s'accusait-elle. *J'avais remarqué qu'il était bizarre... Maintenant, je comprends !* » Elle s'était attendue, étant donné le comportement de Bill, à ce qu'il la trahisse, toutefois, elle n'aurait jamais imaginé éprouver une telle souffrance. Elle avait passé une nuit blanche à se torturer l'esprit et, ce matin, elle s'était réveillée les paupières rouges et les traits tirés. Que deviendrait-elle sans Bill, l'être qu'elle aimait le plus au monde ? « J'ai tout perdu », songeait-elle avec désespoir.

La sonnerie annonçant la fin de la classe retentit, Mary rassembla livres et cahiers, bondit de son siège et se rua vers la sortie. A sa profonde stupéfaction, Bill l'attendait devant la porte.

« Ma mère m'a dit que tu avais téléphoné, hier soir, déclara-t-il en lui plantant un baiser sur la joue. Je n'ai pas pu te rappeler, j'étais chez le prof d'histoire. »

Le couple traversa le préau, bondé à cette heure.

« *J'en étais sûre, j'en étais sûre,* se répétait Mary, au bord des larmes. *Il ment !* »

« Tu en fais une tête ! observa Bill en remarquant son expression atterrée.

— C'est rien, répondit-elle sur un ton faussement désinvolte. Je croyais qu'on avait décidé de se dire toujours la vérité... Bill, pourquoi me mens-tu ?

— Je te mens, moi ? » protesta le garçon.

Il prit son amie par le bras et l'entraîna à l'écart, à l'abri des oreilles indiscrètes.

« Ne fais pas l'innocent, lui reprocha Mary. Dis-moi ce que tu faisais samedi après-midi avec Diana Larson au Plazza ? Tu étais censé bûcher à la bibliothèque...

— Tu es au courant, souffla Bill. J'aurais dû me douter qu'une âme charitable se chargerait de te l'apprendre. Si je ne t'ai rien dit, Mary, c'était parce que je redoutais que tu fasses un drame.

— Alors, c'est vrai, se récria Mary, les yeux brillants de larmes. Bill, comment as-tu pu ? »

Le garçon prit un air à la fois désolé et coupable.

« Laisse-moi t'expliquer : Diana avait des invitations pour *My little Chickadee* et elle m'en a offert une. C'est tout bête. »

Mary fondit en larmes.

« Pourquoi est-ce que tu me l'as caché ? » hoqueta-t-elle. Puis, se reprenant, elle continua sur un ton accusateur : « Tu ne te doutais pas qu'on me mettrait au courant !

— C'est vrai, admit Bill. En ce moment, tu as des réactions si imprévisibles. Je ne voulais pas te causer de chagrin pour quelque chose qui n'en valait pas la peine. Diana n'est qu'une bonne copine, tu dois me croire.

— C'est ce que tu prétends ! protesta Mary, furieuse. Tu comptes la revoir, par hasard ?

— Je refuse de te répondre, rétorqua Bill sur un ton légèrement agressif, car il détestait se sentir mis en accusation. Depuis

quand dois-je te demander la permission ?
Ce n'était pas prévu dans notre contrat.

— Je suis sûre que tu la reverras », insista
Mary qui poursuivait son idée.

Elle était révoltée : comment Bill ne comprenait-il pas qu'elle était terrorisée à la pensée de le perdre.

« Je reverrai Diana si ça me fait plaisir,
lança-t-il d'un ton rageur. Après tout, c'est
mon droit le plus strict. » Il médita quelques
instants. « Je te l'ai déjà dit, Mary, depuis
quelque temps, je ne te comprends plus.

— Et tu n'auras plus jamais l'occasion de
me comprendre... »

A peine eut-elle prononcé ces paroles
qu'elle les regretta :

« Tu as raison, lâcha Bill entre ses dents,
dans ce cas, il vaut mieux nous séparer. »

Sur cette constatation implacable, il
s'éloigna à grandes enjambées, abandonnant Mary à son désespoir.

De toute sa vie, elle n'avait éprouvé un
chagrin aussi profond — elle était plus
désespérée encore que le jour où son père
avait fui le domicile conjugal. Elle venait de
perdre son compagnon, son meilleur ami.
Incapable de faire un pas, elle se laissa choir
sur le sol du préau et, cachant sa tête entre
ses bras, éclata en sanglots.

Elizabeth, qui passait par là, l'aperçut et
s'avança.

« Mary ! s'exclama-t-elle en lui caressant les cheveux, tu as un gros chagrin ? »

Mary redressa la tête et présenta un visage baigné de larmes.

« Oh ! Pardonne-moi, s'excusa Elizabeth, prise au dépourvu, je ne savais pas que c'était si grave. Tu préfères peut-être que je te laisse tranquille ?

— Non, au contraire, protesta Mary, j'ai besoin de parler à quelqu'un.

— Tu t'es disputée avec Bill, c'est ça ? s'enquit Elizabeth. Je viens de le croiser et il faisait une drôle de tête. »

En entendant prononcer le nom de Bill, Mary sentit son cœur bondir dans sa poitrine.

« On s'est séparés », avoua-t-elle dans un sanglot.

Après cet aveu, elle se sentit comme libérée et put alors raconter l'histoire entre Bill et Diana. Par discrétion, elle omit de préciser que Jessica était à l'origine du drame.

Elizabeth prit un air malheureux et compatissant.

« Pauvre Mary !... Mais ce n'est pas du tout le genre de Bill de faire des choses en cachette. »

Mary se frappa le front.

« Et pourtant il l'a fait. C'est affreux, Liz, je me demande ce que je vais devenir sans lui ! »

— Attends un peu, tout n'est peut-être pas perdu ! Vous êtes trop bouleversés tous les deux pour prendre une décision. Essaie d'abord de te calmer et, ensuite, tu iras trouver Bill et vous pourrez discuter. Je comprends ce que tu ressens, j'ai déjà vécu ce genre de situation avec Todd. Imagine que peut-être Bill est aussi malheureux que toi. »

Une lueur d'espoir s'alluma dans les yeux de Mary.

« Tu crois ? » questionna-t-elle d'une toute petite voix.

Elle aurait tant voulu croire aux paroles rassurantes d'Elizabeth !

Si seulement elle avait pu persuader Bill de recommencer ! Elle était prête à lui pardonner son mensonge, prête à reconnaître que, terrorisée à la pensée de le perdre, elle avait pris les devants et provoqué elle-même la rupture qui la faisait souffrir.

Après avoir remercié Elizabeth pour ses paroles encourageantes, Mary s'éloigna en courant vers la cafétéria dans le secret espoir d'y retrouver Bill. Peut-être parviendrait-elle à le persuader de lui donner une chance.

Elle n'osait envisager quelle serait sa réaction si jamais il refusait.

Bill, attablé dans la cafétéria en compagnie de Ken Matthews et de Winston

Egbert, jeta un regard dégoûté sur sa viande hachée.

« Pouah ! C'est pas appétissant, ce truc-là », s'exclama-t-il en plantant sa fourchette dans une boulette racornie et desséchée.

Winston avala une bouchée de purée et déclara :

« On n'a qu'à s'en servir dans notre tour de magie ! On le fera sortir d'une moulinette en disant aux gens que c'est de la chair humaine !

— Berk ! s'écria Ken.

— Écœurant », enchaîna Bill.

Il était d'humeur morose car Mary lui manquait, elle lui manquait même terriblement. Mais, d'un autre côté, il était aussi obligé de reconnaître qu'il se sentait plus libre. Depuis quelque temps, il se contrôlait sans cesse en sa présence : elle était devenue si susceptible, si nerveuse... Elle attendait tout de lui, ne respirait que par lui, si bien qu'il ne voyait plus en elle une amie, une égale, mais un être fragile et dépendant.

Il fut interrompu dans sa réflexion par Winston qui venait de le frapper sur l'épaule.

« Hé, vise un peu ! Voilà ta nana qui se pointe ! »

Bill tourna la tête et aperçut Mary qui se frayait un chemin à travers les tables.

« Je vais lui parler, marmonna-t-il, tant il redoutait qu'elle lui fasse une scène en public.

— Mary ! appela-t-il en s'avançant à sa rencontre. Sortons, on sera plus tranquilles pour discuter.

— Tu as raison », approuva-t-elle avec reconnaissance.

Il l'observa attentivement, étonné par le calme de sa voix. Elle n'avait pas l'air désespérée, ses paupières étaient rougies, mais cela ne signifiait pas nécessairement qu'elle eût pleuré.

« Ça va ? interrogea-t-il en la poussant vers la sortie.

— Ça va, répliqua-t-elle, les yeux baissés. Voilà... je voulais te dire... J'ai honte pour ce matin... J'aimerais essayer... »

Bill l'entraîna sur l'herbe et l'obligea à s'asseoir.

« Tu sais que je tiens toujours à toi, Mary, mais...

— S'il te plaît, laisse-moi d'abord te parler sans m'interrompre. D'accord ? »

Bill arracha un brin d'herbe et se mit à le triturer.

« D'accord.

— Voilà, reprit Mary, depuis quelques semaines je ne me reconnais plus moi-même. Je ne sais pas ce qui m'arrive ; je sais seulement que je me suis mise dans la tête que tu allais me quitter. Alors, je me suis accrochée... De ton côté, tu es devenu froid et distant. Simple réflexe de défense, j'imagine...

— Il y a du vrai, reconnut Bill. Essaie de comprendre, ce n'était pas facile pour moi non plus. En ce moment je fais des tas de trucs à la fois, si bien que je ne sais plus où donner de la tête. Ne m'en veux pas, si je t'ai fait de la peine, c'était sans le vouloir. »

Les yeux brillants d'un soudain espoir, Mary demanda :

« Tu m'accordes une chance ? »

Bill ne répondit pas et se contenta de soupirer. « *N'oublie pas ce que tu viens d'endurer* se disait-il en lui-même, *souviens-toi de l'épisode de la piscine, du restaurant chinois et de tout le reste. C'est d'une copine dont tu as besoin et non d'un boulet.* »

« Je ne sais pas, souffla-t-il au bout d'un moment. Peut-être dans quelque temps... on pourra essayer à nouveau... Pour l'instant, j'ai besoin de me retrouver, de réfléchir. Je ne sais plus très bien où j'en suis. »

Mary se mordit les lèvres pour ne pas fondre en larmes.

« *Du calme !* s'ordonna-t-elle à elle-même. *Sois raisonnable, si tu ne veux pas le perdre à jamais.* »

« Écoute, dit-elle, je te promets de te laisser libre ; tu mèneras ta vie comme tu l'entendras. J'ai été pesante, mais ça va changer, je te le jure. Alors laisse-moi encore une dernière chance. »

Bill détourna la tête pour ne pas se laisser attendrir. Il se désolait de quitter Mary, mais il tenait aussi à retrouver sa liberté. De plus, il ne pouvait faire confiance à Mary — non pas qu'il doutât de ses bonnes intentions, mais plutôt de son incapacité à les réaliser.

« Je regrette, Mary fit-il d'une voix douce mais ferme. Il me faut du temps... »

Il l'embrassa dans les cheveux et s'éloigna en hâte pour ne pas voir les larmes qui ruisselaient sur les joues de la malheureuse.

« *Je dois le faire,* se persuada-t-il. *Mary doit apprendre à redevenir elle-même. Et si je reste à son côté, elle n'y parviendra jamais.* »

8

*L*e jeudi après-midi, les lycéens s'étaient réunis dans le gymnase pour la préparation du spectacle.

Elizabeth découpait d'énormes lettres dorées destinées à orner le stand de magie, Olivia Davidson prenait les mesures de Patty tout en lui faisant des suggestions pour son costume, M. Collins indiquait à Ken la technique de la sono, tandis que Todd s'occupait de fixer les différents projecteurs.

Mary s'avança vers Elizabeth et lui demanda sur un ton larmoyant :

« Liz, tu veux me donner un coup de main pour mon décor, j'ai peur de tout rater ! »

Mary devait peindre la toile de fond pour Patty qui avait choisi de danser un extrait de *West Side Story*.

Elizabeth se laissa choir sur un tabouret et s'essuya le front d'une main noircie de poussière.

« Mary, tu vois bien que je suis débordée ! Pourquoi n'essaies-tu pas de t'en sortir toute seule ? Dès que tu auras terminé, je te donnerai mon avis, c'est promis. »

Mary devint très pâle.

« Je n'y arriverai jamais, gémit-elle d'une voix étranglée.

— Eh bien, tu n'as qu'à trouver quelqu'un d'autre. » Mary secoua vigoureusement la tête et Elizabeth abdiqua.

« O.K., laisse-moi seulement vérifier les éclairages et je suis à toi. »

En la voyant s'approcher, Todd abandonna le câble électrique qu'il installait.

« Des ennuis ? interrogea-t-il devant la mine renfrognée de son amie.

— C'est à cause de Mary, soupira Elizabeth, elle ne me lâche pas. Cette fille est incapable de faire un pas sans moi. Elle m'a forcé la main pour l'aider à ses décors ; tu imagines, depuis qu'elle a rompu avec Bill — et ça date à peine d'hier —, elle m'a déjà téléphoné quatre fois ! »

Todd la serra contre lui avec tendresse.

« Pauvre Liz, tout le monde te tombe sur le dos !

— Pas tout le monde ! Mary seulement ! Je commence à comprendre ce qu'a dû ressentir Bill. Cette fille est un vrai pot de colle. Elle me rebat les oreilles de son Bill. Elle veut savoir si elle doit renouer. Je lui ai conseillé de s'en tenir, pour le moment, à la décision de Bill. Alors, elle a enchaîné avec les décors, prétendant qu'elle n'en viendrait jamais à bout sans mon aide. Tu sais, Todd, je vais finir par croire que j'aurais mieux fait de les faire moi-même. »

Todd releva la tête.

« Fais gaffe, Liz ! La voilà qui se pointe, elle va sans doute te mettre le grappin dessus.

— Oh non, gémit Liz.

— Liz ! s'écria Mary, en se précipitant vers elle, j'ai une idée, mais j'aimerais que tu viennes jeter un coup d'œil. »

Elizabeth eut un geste résigné.

« Si c'est absolument nécessaire ! soupira-t-elle, emboîtant le pas à Mary.

— Excuse-moi, Liz, commença celle-ci, mais j'ai une peur bleue de louper ces décors. Je souhaiterais m'y connaître un peu mieux en décoration, poursuivit-elle avec hésitation.

— Mary, protesta Elizabeth, tu *t'y connais* mieux que n'importe qui ici. Quand finiras-tu par te mettre dans la tête que tu as du talent ? »

Mary la fixait, incrédule.

« Elle ne me croit pas, songea Elizabeth, *pourquoi doute-t-elle à ce point ? »*

Mary l'entraîna dans un coin où elle avait rangé ses esquisses.

« Tu sais, j'aimerais réussir à recréer l'atmosphère d'un quartier populaire de New York avec ses taudis, mais en même temps il faudrait quelque chose de romantique. »

Elle entrouvrit son carton à dessins et soumit à Elizabeth un croquis représentant un terrain vague avec, en arrière-plan, des blocs d'immeubles, le tout exécuté dans un style sobre mais plein de force.

« Magnifique ! s'extasia Elizabeth, très impressionnée.

— Tu es sincère ? demanda Mary. Il faudra encore essayer d'adoucir l'effet par une lumière appropriée, donner une impression de poésie et... »

Elle s'interrompit, étonnée par l'assurance avec laquelle elle venait de s'exprimer.

« C'est très beau, confirma Elizabeth en examinant le dessin de plus près. Trop beau pour un modeste spectacle de lycéens. Mary, tu as un talent fou !

— Tu dis ça pour me faire plaisir », protesta Mary, de nouveau assaillie par le doute. Puis, changeant de sujet de conversation : « Au fait, tu seras chez toi ce soir ? J'aimerais qu'on bavarde quelques minutes au sujet de... »

Elle fut interrompue par un appel émanant de l'autre extrémité du gymnase :

« Liz ! viens vite, j'ai besoin de toi ! » C'était Todd qui s'égosillait.

Elizabeth fut heureuse de pouvoir s'échapper.

« Désolée, Mary, s'excusa-t-elle. Ce soir, j'ai tout un tas de trucs à faire ; ça m'étonnerait que je puisse...

— Aucune importance, assura Mary en dissimulant sa déception. Une autre fois peut-être...

— C'est ça, une autre fois. »

Elizabeth poussa un soupir de soulagement et s'empressa de rejoindre son copain.

« *Je me demande ce qui se passe dans la tête de cette fille,* se dit-elle. *Bill a eu peut-être raison de la quitter. Si elle s'accroche à lui comme à moi, qu'est-ce qu'il a dû endurer ! le pauvre !* »

Elizabeth méditait. Mary avait besoin de réaliser quelque chose par elle-même et de ne plus dépendre de personne. Aussi longtemps qu'elle s'accrocherait aux autres et qu'elle attendrait tout d'eux, Bill continuerait de la fuir. Mary ne serait pas heureuse tant qu'elle n'aurait pas retrouvé sa confiance en elle.

Mary examinait son œuvre d'un œil critique.

« *C'est nul,* songeait-elle avec angoisse. *Si seulement quelqu'un pouvait me donner un conseil ! Si Bill était là...* »

Elle ravala les larmes qui lui montaient aux yeux. Désormais, elle ne devait plus compter sur lui.

Peut-être pourrait-elle travailler à ce décor afin de prouver à Patty qu'elle était encore capable... dans le secret espoir de reconquérir son amitié.

Prenant une nouvelle feuille de bristol, elle fit une ébauche des maisons en calculant les proportions avec exactitude.

Elle avait déçu sa meilleure amie en la fuyant et aussi en se refusant à faire ce qu'elle attendait.

Il faut dire que Patty espérait trop, exigeait trop d'elle, ce qui avait pour effet de paralyser Mary.

« *Je ne suis qu'une minable,* s'accusait-elle. *Je les ai tous déçus : Patty, Elizabeth et Bill. Bill surtout.* »

Si seulement elle pouvait reconquérir leur estime !

Elle s'en croyait incapable. Elle n'était entourée que de gens brillants et créatifs, sûrs d'eux.

Le plus étrange était que Mary avait possédé ces qualités peu de temps auparavant.

Elle avait alors la tête pleine de projets, faisait de la planche à voile avec passion et n'avait peur de rien. Elle n'en connaissait pas la raison, mais tout ce qu'elle pouvait dire, c'est qu'elle avait terriblement changé.

Autrefois, lui souffla une voix intérieure, tu faisais ce que bon te semblait. Tu aimais le théâtre et tu es entrée au club d'art dramatique. Tu voulais perfectionner la pratique de la planche à voile et tu as pris des leçons avec Bill. Tu t'intéressais à la décoration et tu t'es inscrite dans une école.

Mary avait le cœur serré en voyant la transformation qui s'était opérée en elle. Elle ne se situait que par rapport aux autres, en fonction de leurs critères ou de leurs jugements, elle avait renoncé à suivre ses désirs. Insensiblement, elle en était arrivée à douter d'elle puis à perdre toute assurance. De même en ce qui concernait ses talents artistiques, elle avait cru qu'on attendait d'elle qu'elle devînt un peintre de talent et elle s'était dérobée.

Et puis il y avait Bill ! Bill si doué, si décontracté, si à l'aise en toutes circonstances, si sûr de lui ! Mary s'était effacée derrière lui sans même s'en rendre compte. S'intéressant de plus en plus à ses occupations, négligeant les siennes propres. S'il avait une séance d'entraînement à la piscine, elle n'hésitait pas à sécher les cours pour le soutenir.

Au début, Bill s'était montré très flatté de l'attention qu'elle lui portait, mais bientôt il s'en était lassé et lui avait conseillé de reprendre ses activités.

Mary sentit son cœur se serrer en comprenant combien elle s'était aliénée. Toutefois, elle n'était pas la seule responsable ; Bill avait été très flatté de son intérêt et il s'était même réjoui qu'elle renonçât à ce qu'elle aimait pour lui consacrer plus de temps. Seulement la situation avait évolué jusqu'au point critique où Bill s'était retrouvé privé de sa liberté.

« Je ne suis pas la seule coupable », songea Mary.

Soudain, elle eut l'impression d'être délivrée d'un poids qui l'oppressait depuis des années — depuis le divorce de ses parents —, quand elle avait commencé à douter d'elle et à gâcher tout ce qui lui arrivait de bien.

Elle s'était persuadée que Bill la quitterait un jour, et voilà, à force de s'en convaincre, elle *avait réussi* ! !

Elle s'était comportée comme une fille qui a si peur de perdre le garçon qu'elle aime qu'elle fait tout son possible pour que cela se produise.

« Pourquoi n'ai-je pas confiance en moi ? se dit-elle à haute voix. Il me faut me ressaisir avant qu'il ne soit trop tard ! »

« Patty, demanda Elizabeth à la sortie du gymnase, je te ramène en voiture ? Il faut absolument que je te parle.

— Bien sûr », accepta Patty en enfilant son blazer bleu marine.

Elizabeth admira l'élégance de sa jupe et de son chemisier gris. Patty avait le chic pour assortir ses vêtements.

« C'est à quel sujet ? » interrogea-t-elle avec curiosité.

Les deux filles gagnèrent le parking où était garée la petite Fiat. Patty prit place sur le siège à côté de sa camarade.

« Tu ne t'en doutes pas ? s'enquit Elizabeth. C'est au sujet de Mary. Je ne sais plus quoi faire... C'est dingue, cette fille est bourrée de talent et n'a pas la moindre confiance en elle. Honnêtement, je commence à m'inquiéter. »

Patty prit une expression soucieuse.

« Tu lui as parlé ? »

Elizabeth acquiesça.

« Sans le moindre succès, impossible de la convaincre ! »

Elle fit démarrer le moteur.

« Cette histoire me dépasse, reconnut Patty. Autrefois, Mary était sûre d'elle, elle m'a raconté que, lorsqu'elle était gamine, elle adorait jouer au "petit chef" et commander les autres enfants.

— Qu'est-ce qui l'a fait changer à ce point ? s'étonna Elizabeth.

— Si tu veux mon avis, elle traverse une crise grave ; une crise d'identité. C'est peut-être lié au divorce de ses parents ou à Bill... je n'en sais rien. Mais je crois que Bill y est pour quelque chose. C'est le premier amour de Mary. Au début de leur relation, je me souviens qu'elle a passé des moments difficiles — elle avait du mal à trouver un équilibre entre ses sentiments et son esprit d'indépendance. Elle redoutait que l'amour l'aliène. Mais elle a toujours réussi jusqu'ici à faire la part des choses...

— Jusqu'ici », répéta Elizabeth.

Patty prit une expression rêveuse et lointaine.

« Oui, il nous faut la sortir de là ! déclarat-elle enfin. Il nous faut inventer un stratagème...

— Explique-toi, s'impatienta Elizabeth.

— Je crois que je viens d'avoir une idée géniale ! Il faut se débrouiller pour mettre Mary dans une situation difficile et l'obliger à s'en sortir toute seule, sans l'aide de personne.

— C'est risqué.

— Oui, mais le jeu en vaut la chandelle et puis, malgré tout, je fais confiance à Mary.

— Tu as sans doute raison », admit Elizabeth.

Le visage de Patty s'illumina d'un large sourire.

« Liz, tu peux me croire, je suis certaine que mon petit plan réussira ! »

Et Patty, écoutée avec beaucoup d'intérêt par Elizabeth prête à tenter l'impossible pour aider Mary, exposa son projet dans le détail.

9

*A*ssise en tailleur sur le divan du salon, Jessica parcourait la liste de ses invités.

« Récapitulons : Roger et Bruce Patman... Rod Dallas, Ken Matthews, Clara, Neil Freemount et... Zut ! j'allais oublier Bill Chase ! »

Les prunelles de Jessica s'éclairèrent d'une lueur malicieuse ; Mary évincée, elle récupérait un garçon pour sa fête.

« Et Clara... je me demande si je l'invite... »

Clara Walker, la meilleure amie de Jessica, filait un mauvais coton depuis quelques jours. Elle, qui était toujours prête à plaisanter et à suivre Jessica dans ses aventures les plus farfelues, était devenue subitement silencieuse et renfermée. Jessica l'avait interrogée et elle lui avait répondu, sur un ton évasif, qu'elle avait des ennuis familiaux. Intriguée, Jessica avait fait son enquête personnelle pour découvrir que les parents de Clara étaient sur le point de divorcer.

Jessica cocha le nom de son amie.

« Je l'invite quand même, ainsi que Liz et Todd. »

Elle avait formulé sa phrase à haute voix. Liz, qui venait de faire son apparition, l'entendit. Elle se débarrassa de la pile de documents qu'elle portait à bout de bras et demanda :

« Tu parlais de moi ? » Elle frotta ses muscles endoloris. « Et dire que je trimbale toute cette paperasse pour le spectacle ! Ça pèse une tonne ! Au fait, que disais-tu ?

— Je me demandais si Todd et toi accepteriez de venir à ma fête ? J'ai besoin d'être fixée pour calculer la quantité de pâte à pizza.

— Alors tu n'as pas renoncé à ce projet stupide, se fâcha Elizabeth. La maison vient à peine d'échapper à un incendie et à une inondation et tu veux lui faire encore subir une invasion ! Jess, ce n'est pas sérieux !

— Tranquillise-toi, tout se passera bien. Pour l'amour du ciel, Liz, quand vas-tu enfin cesser de me traiter en gamine ?

— Ce n'est pas à cause de toi que je me fais du mouron, précisa Elizabeth, mais pour cette bande d'hurluberlus, les prétendus copains de Drake. Tu as oublié ce qui s'est passé à la soirée de Steve, la fois où papa et maman s'étaient absentés ?

— Les copains de Steven étaient de vrais sauvages ! s'insurgea Jessica. Liz, je t'en prie, accepte mon invitation ; si tu ne viens pas, ma soirée sera gâchée. »

Le visage d'Elizabeth s'assombrit.

« Todd n'a pas le moral en ce moment. Je me fais du souci à son sujet. Je me demande...

— Raison de plus, l'interrompit Jessica, pour lui changer les idées. Il faut le distraire. Allez, grande sœur, dis-moi oui ! »

Elizabeth réfléchissait à la proposition de sa jumelle. Peut-être, en effet, valait-il mieux assister à cette soirée ; les rares fois où elle s'était retrouvée en tête à tête avec son copain, il s'était montré distant et préoccupé. Alors sans doute était-il bon de lui faire rencontrer d'autres personnes.

« C'est d'accord, soupira Elizabeth. On doit se voir ce soir pour bûcher les maths ; je lui transmettrai ton invitation. »

Jessica bondit de joie puis étreignit sa sœur.

« Super ! Liz, tu es la jumelle la plus fantastique que je connaisse !

— Mais n'oublie pas, la prévint Elizabeth, qu'il faudra faire gaffe à ne rien salir ni abîmer. Papa et maman risquent de rappliquer plus tôt que prévu, ils ne savent pas quand ils rentrent.

— Aucun risque, assura Jessica. Ils ont aussi dit que leur séjour était idyllique... et que maman vivait ses plus beaux jours depuis sa lune de miel. Alors, crois-moi, ils ne sont pas près de se pointer. »

Sur ces paroles rassurantes, Jessica tendit le bras vers le téléphone. Elizabeth eut un sourire entendu.

« Ne raconte pas ta vie, j'ai besoin d'appeler Mary Gordon. Bon, maintenant, je ramasse mes documents et je monte dans ma chambre. Préviens-moi dès que tu auras terminé !

— Promis », assura Jessica en composant aussitôt le numéro de Lila. « Tu as pu joindre Drake ? » questionna-t-elle de but en blanc.

A l'autre bout du fil, Lila étouffa un bâillement.

« Tu me réveilles, gémit-elle.

— C'est le dernier de mes soucis, rétorqua sèchement Jessica, tu as eu Drake ?

— Bien sûr !

— Qu'est-ce qu'il a dit ?

— Il est d'accord.

— Combien de copains compte-t-il amener ?

— Je ne sais pas exactement... il a mis une affiche dans la salle du club Delta Theta, comme ça...

— Il est dingue ! se récria Jessica d'une voix aiguë. Lila, je t'avais dit à peine...

— Calme-toi, ordonna Lila sur un ton autoritaire, il n'y aura pas foule, les étudiants sont en pleine période d'exam, ils sont tous en train de bûcher.

— Pourvu que tu dises vrai », soupira Jessica.

Elle raccrocha sans même saluer son amie.

Elle avait la vision cauchemardesque d'une horde de jeunes barbares envahissant les lieux.

« Pourvu que Liz se trompe, songea-t-elle, *si papa et maman rentrent plus tôt que prévu, ils vont croire que leur maison a été dévastée. »*

« Mary ? demanda Elizabeth, au téléphone. C'est Liz.

— Ah ! c'est toi, ça tombe bien, j'allais t'appeler justement. Qu'est-ce que tu me conseilles pour le numéro de magie : un drap noir ou...

— Mary, l'interrompit Elizabeth en s'efforçant de prendre une voix caverneuse,

101

je te téléphone pour te dire que je suis malade. J'ai une laryngite. Le toubib vient de venir et m'a ordonné de garder la chambre. Alors il faudrait que tu me rendes un service : pourrais-tu me remplacer demain ? Il faut superviser les préparatifs du spectacle.

— Moi ? » Mary s'étrangla de stupéfaction. « Tu n'y penses pas ! J'en suis incapable. Tu es vraiment malade ? C'est affreux ! Et la représentation qui a lieu dimanche !

— Justement, reprit Elizabeth, c'est pour ça que je te demandais de me dépanner... Avec un peu de chance, j'irai mieux vendredi, le toubib pense que c'est une histoire de quarante-huit heures.

— Liz, insista Mary, ne compte pas sur moi. Imagine qu'il y ait le moindre pépin ; comment est-ce que je m'en sortirais ? Adresse-toi plutôt à Patty. Elle est très sûre d'elle et adore prendre des initiatives.

— Impossible, elle a rendez-vous chez le dentiste.

— Mince ! Alors, tu peux peut-être demander à Todd ?

— Écoute, Mary, s'impatienta Elizabeth. M. Collins m'a dit que tu étais la mieux placée pour me seconder, précisa-t-elle en espérant que ce mensonge viendrait à bout des réticences de sa camarade. Mary, rends-moi ce service !

— Bon... eh bien... c'est d'accord... qu'est-ce que je suis censée faire ?

— A ton idée. Tu feras pour le mieux et je suis sûre que tout se passera bien.

— J'espère, dit Mary sur un ton de doute. Mais promets-moi que c'est juste pour demain ! ajouta-t-elle afin de se rassurer. Bon, eh bien, il ne me reste plus qu'à te recommander de bien te soigner et de rester couchée.

— Compte sur moi. Je te téléphonerai demain pour savoir comment tu t'en es sortie.

— Entendu. A demain ! »

Elizabeth reposa le récepteur en réprimant un sourire. « *Pauvre Mary,* songea-t-elle, *j'espère que Patty ne s'est pas trompée en lui confiant cette tâche.* »

La sonnerie du téléphone retentit ; justement, c'était Patty qui venait aux nouvelles.

« Comment s'est passée *l'opération-sauve-tage-indépendance* ? demanda-t-elle en guise de salutations.

— Parfaitement. Tu en as touché un mot à M. Collins ?

— Oui, au début il n'était pas emballé, mais j'ai fini par le convaincre qu'on avait monté ce coup dans l'intérêt de Mary. Maintenant, il ne nous reste plus qu'à faire des prières pour que ça marche.

« — Moi, je fais confiance à Mary », affirma Elizabeth sur un ton qui se voulait convaincant.

En réalité, elle ne pouvait s'empêcher de douter. Si le plan réussissait, Mary retrouverait la confiance qu'elle avait perdue, mais s'il venait à échouer ?

Elizabeth n'y pouvait plus rien. Désormais, les dés étaient jetés.

Installés confortablement sur le divan du séjour, Liz et Todd révisaient leur cours de mathématiques.

« Jusqu'au chapitre cinq, ça va, assura Elizabeth, ensuite je nage complètement. »

Todd la fixait d'un regard à la fois songeur et admiratif.

« Tu sais que tu es très belle, Liz, chuchota-t-il en lui caressant la joue.

— Je ne vois pas où est le rapport, le taquina-t-elle en l'embrassant avec tendresse, je n'aurais jamais cru que les maths te rendaient si romantique. »

Todd s'assombrit.

« Ne plaisante pas. Si tu savais combien j'ai peur de te perdre, parfois, Liz.

— Tu as peur de *me perdre* ? Qu'est-ce que tu me chantes là ? »

Toad mordilla l'ongle de son index.

« Tu as raison, je suis stupide. » Il se racla la gorge et déclara d'une voix forte. « Bien, reprenons au chapitre cinq.

— Todd, le supplia Elizabeth, dis-moi ce qui te tracasse. Tu es si triste depuis quelque temps !

— Ce n'est rien, je t'assure. Je suis un peu trop sentimental en ce moment, c'est tout. »

Elizabeth plongea son regard dans ses yeux bruns.

Comment le croire ? Comment s'assurer qu'il lui disait la vérité ? Il se montrait rêveur et distant, comme absorbé par ses pensées.

« *Pourquoi refuse-t-il de se confier, lui qui ne m'a jamais rien caché ?* s'inquiétait Elizabeth. *Il doit avoir de graves ennuis.* »

Elle lui prit la main et la serra très fort dans la sienne, tout en se promettant que, dès qu'elle serait libérée des soucis du spectacle, elle le forcerait à révéler son secret.

10

*M*ary s'était retirée dans sa chambre afin de mettre la dernière touche à la toile de fond pour le numéro de Patty.

Elle recula pour mieux juger de l'effet. Enfin, elle avait terminé !

« C'est pas mal du tout », se complimenta-t-elle à haute voix.

Le brun des bâtiments s'harmonisait parfaitement avec les petites taches jaunes des fenêtres éclairées, le tout fondu dans l'obscurité de la nuit qui enveloppait le terrain vague.

« Mary ! appela Mme Gordon. On te demande au téléphone ! C'est Bill ! »

Les sourcils froncés, le front plissé, Mary critiquait son œuvre.

« Dis-lui que je le rappellerai plus tard », répondit-elle d'une voix distraite.

« *Si j'ajoutais une touche de rouge ici,* songeait-elle, *cela évoquerait la couleur du foulard de Patty et illuminerait le tableau.* »

Quelques secondes plus tard, Mme Gordon faisait irruption dans la chambre sans frapper.

« Je n'en reviens pas, s'écria-t-elle. Tu ne réponds pas à Bill ? Moi qui te croyais impatiente de recevoir son coup de fil ! »

Absorbée dans la contemplation de son décor, Mary mit un certain temps à réaliser la portée de son acte.

« Quelle idiote ! s'accusa-t-elle en se frappant le front. Il y a une éternité que j'attends un signe de Bill... Il faut croire que ce boulot me fait perdre la tête. »

Sa mère vint se placer devant la toile pour mieux l'admirer.

« Mary, c'est merveilleux ! s'exclama-t-elle d'une voix émue. Je comprends que tu n'aies pas voulu répondre au téléphone.

— Il y a longtemps que je n'avais pas exécuté une peinture de cette qualité », reconnut Mary, radieuse.

Mme Gordon se laissa choir sur un siège en soupirant.

« Tu sais, ma chérie, je dois te faire un aveu... J'ai toujours été un peu... jalouse de ton père et de toi. Vous êtes des natures passionnées ; lui par son travail, toi par le dessin. Moi, en comparaison je me sentais minable et peu créative. »

Mary enveloppa sa mère d'un long regard pensif. Ainsi, elle n'était pas seule à manquer de confiance en elle ; sa mère, qui lui avait paru si épanouie et sûre d'elle, n'était pas à l'abri du doute.

« Papa sait ce qu'il veut, admit Mary. Moi pas. Je ne suis même pas certaine d'être douée en dessin. »

A peine eut-elle prononcé ces paroles qu'elle sentit le rouge lui monter au visage. Elle avait menti pour avoir le plaisir d'entendre sa mère lui déclarer :

« Mais si, tu as un talent fou ! »

Elle était incontestablement douée, autrement elle aurait été incapable de réaliser un décor de cette qualité.

« Mary, commença sa mère, surtout ne commets pas l'erreur — comme je l'ai fait moi-même — de te dénigrer à tes propres yeux ; les autres s'en chargeront bien assez. Et si tu ne t'estimes pas, si tu ne te mets pas toi-même au défi à chaque instant, tu n'avanceras jamais dans la vie. »

Mary se mordit les lèvres. Elle brûlait de poser une question, une question qui était devenue plus pressante depuis les confidences que lui avait faites son professeur d'art déco.

« Dis, maman, commença-t-elle d'une voix hésitante, est-ce que papa ne serait jamais parti si tu avais été moins indépendante et si tu avais consacré moins de temps à ton travail ? »

Sa mère la fixa d'un long regard pensif.

« On ne peut jamais connaître la véritable raison qui fait que deux êtres se séparent, après avoir vécu ensemble. Regarde, Bill et toi, vous traversez une crise grave. Toutefois, avec le recul, je crois pouvoir affirmer que nos occupations ne constituaient qu'un prétexte. Ton père et moi avons évolué chacun à notre manière au cours des années et un jour nous nous sommes aperçus que nos routes divergeaient.

— Tu ne regrettes rien ?

— Non. Ce qui est fini est fini. En tout cas, je suis sûre d'une chose : si, au moment du divorce, je n'avais pas eu mon travail auquel me raccrocher, j'aurais sombré dans la dépression. »

« *Je me suis trompée,* songea Mary, les yeux pleins de larmes. *Si j'avais continué à faire ce qui m'intéressait, je n'aurais peut-être pas perdu Bill.* »

Elle se précipita vers sa mère et noua les bras autour de son cou.

« Que t'arrive-t-il, ma chérie ?

— Rien, je suis heureuse. »

Elle se mit à pleurer mais elle pleurait des larmes de bonheur. Elle avait l'impression de sortir d'un long tunnel et de déboucher en pleine lumière.

Sa mère lui caressa les cheveux.

« Maman, fit-elle en relevant la tête, dès que le spectacle sera terminé, j'irai trouver Mme Jackson et je lui demanderai si elle veut bien m'accepter à son cours de dessin ; tu crois que c'est une bonne idée ? »

Le visage de Mme Gordon s'illumina.

« La meilleure que j'aie jamais entendue ! »

La voix de Mary s'éleva dans le gymnase.

« Qu'est-ce que tu racontes, Todd ? La sono ne marche pas ? »

Mary, en proie à une agitation fébrile, s'efforçait de régler les problèmes au fur et à mesure qu'ils surgissaient.

« Tiens-toi bien, renchérit Todd, l'éclairage n'est pas terrible non plus. »

Mary poussa un soupir à fendre l'âme.

« Bon, récapitulons : la sono est muette, l'éclairage défectueux ; qu'est-ce qui cloche encore ?

— Les costumes ! gémit Olivia Davidson. Ma machine à coudre est tombée en panne hier soir et il me reste encore quatre vestes à coudre ! Mary, est-ce que tu peux te débrouiller pour me trouver une nouvelle machine ? »

Mary ne savait plus où donner de la tête. Pourquoi diable tout retombait-il sur elle, alors que les choses paraissaient si simples lorsque Elizabeth s'en occupait ?

A cet instant précis, Winston surgit en braillant :

« Catastrophe ! La vraie tuile !

— Dis, le pria Mary.

— Ma mère vient de m'annoncer que le comité des parents d'élèves devait se réunir dans le gymnase dimanche soir...

— Ça suffit ! » l'interrompit Mary en se bouchant les oreilles. Puis, se ressaisissant : « Les récriminations, c'est fini pour aujourd'hui. Demain, rendez-vous ici à la même heure et vous exposerez vos problèmes à Elizabeth. J'espère qu'elle sera rétablie ! »

Mary sortit du gymnase en courant, bien décidée à aller trouver Elizabeth pour la supplier de reprendre la situation en main.

« Jess, dit Elizabeth, faisant irruption dans la chambre de sa jumelle. Il faut que tu me rendes un service.

— Lequel ?

— Todd vient de téléphoner à l'instant pour m'informer que Mary arrive d'une minute à l'autre. Elle va encore me casser les oreilles avec ses histoires... Tu peux lui dire que mon état a empiré et que je suis alitée avec une forte fièvre ?

— Tu es dingue ou quoi ? s'étonna Jessica, tu es resplendissante de santé.

— Je sais, admit Elizabeth en riant. Là n'est pas la question. Pour Mary, je suis malade. Ce serait trop long de t'expliquer en détail ; c'est une idée de Patty ; oh, elle n'est pas géniale, mais on n'a rien trouvé de mieux. C'est la seule manière d'obliger Mary à se charger du spectacle. Si elle réussit, elle retrouvera la confiance qu'elle a perdue.

— Tu divagues, ma pauvre Liz, comment peux-tu croire un seul instant que le fait de confier des responsabilités à cette pauvre fille lui rendra son assurance. Elle va se planter, aucun doute et... »

Elle s'interrompit en remarquant l'expression butée de sa jumelle.

« Si tu en es si sûre... »

A cet instant précis, la sonnerie tinta. Elizabeth s'écria :

« Va ouvrir !

— Tais-toi ! Tu es censée avoir une extinction de voix ! »

Jessica n'avait pas revu Mary depuis la fameuse soirée où elle lui avait fait des révélations fracassantes et elle appréhendait de la rencontrer. Toutefois, celle-ci, préoccupée

112

par l'organisation du spectacle, ne fit aucune allusion à l'incident.

« Je voudrais parler à ta sœur », dit-elle en guise de salutation.

Jessica l'invita à entrer.

« J'ai bien peur qu'elle ne soit dans l'incapacité de te répondre, déclara-t-elle en prenant un air accablé. Étant donné son état.

— Quel état ? questionna Mary en sursautant. Il faut que je lui parle. Rien ne marche dans le spectacle ; la sono, l'éclairage, la machine à coudre : un fiasco total.

— Je comprends, soupira Jess, mais la laryngite de Liz s'est aggravée et le docteur lui a ordonné de rester trois jours au lit à boire des tisanes et, surtout, il lui a interdit de dire un seul mot, sous peine de perdre définitivement la voix. »

Mary demeura bouche bée quelques instants, puis réussit à articuler :

« Et le spectacle ? »

Jessica fit mine de réfléchir.

« Liz t'a laissé des instructions par écrit, dit-elle en lui tendant une feuille. Et elle te remercie infiniment de bien vouloir la remplacer. »

Mary était devenue très pâle.

« Je ne me sens pas... ca... capable, balbutia-t-elle. Je n'ai eu que des problèmes. »

Jessica posa une main rassurante sur le bras de la malheureuse fille.

« Mary, ne te mets pas dans tous tes états. Tu dois te ménager. Imagine, si tu tombais malade, toi aussi, le spectacle serait à l'eau. »

Les traits décomposés, Mary fixait son interlocutrice sans comprendre. Elle aurait souhaité la convaincre de son incompétence, mais aucun son ne sortait de sa bouche.

Elle hocha la tête et partit en courant. Elle s'engouffra dans sa petite voiture et roula en trombe jusqu'au lycée. Là, elle se gara dans le parking et se précipita dans le gymnase. Sa décision était prise : elle allait organiser la représentation.

« La première chose à faire, se dit-elle à haute voix, c'est de se faire prêter une machine à coudre. Ensuite, il faut faire venir un électricien, puisqu'aucun garçon n'est fichu de réparer les éclairages. »

« Mary ! » appela une voix familière au moment où elle s'apprêtait à franchir le seuil de la porte.

Elle se retourna et aperçut Bill qui bavardait avec Diana Larson.

« Bill ! s'exclama-t-elle en se souvenant qu'elle avait oublié de lui téléphoner. Comment ça va ? »

Sa question était inutile car le garçon semblait dans une forme éblouissante, avec ses cheveux blonds coiffés en arrière comme Mary aimait tant.

« Ça va ? répondit-il en accompagnant ses paroles de son plus chaleureux sourire. Et toi ? Tu ne m'as pas téléphoné, hier soir. »

D'une seule traite, Mary lui expliqua qu'Elizabeth était souffrante et qu'elle avait dû la remplacer.

« Je suis débordée, comme tu peux l'imaginer, conclut-elle. Si on arrive à mettre sur pied cette représentation pour dimanche soir, ce sera un vrai miracle !

— Je suis sûr que tu réussiras, assura Bill, tu as l'air gonflée à bloc. »

Diana Larson, qui n'était pas intervenue jusqu'ici, proposa alors :

« Et si les *Droïds* se mettaient de la partie ? Ce serait fantastique de chanter dans votre spectacle !

— Ça oui, approuva Mary avec reconnaissance, je ne peux me permettre de négliger aucune proposition. »

Au fond d'elle-même, elle se fit la remarque. *« Tiens, c'est bizarre. Je ne suis plus jalouse de Diana ! »*

Sans doute parce que Bill la regardait avec des yeux tendres et admiratifs, sans doute parce qu'il ne s'intéressait pas spécialement à la chanteuse de rock. Mary sentit le rouge lui monter aux joues.

Pourtant le moment était mal venu pour s'attarder à penser à Bill et à l'effet qu'elle produisait sur lui. Elle avait des choses plus urgentes à faire.

Bill n'aurait qu'à attendre.

11

*É*tant donné la situation, Elizabeth se trouvait dans l'impossibilité de se rendre à Sun Valley le vendredi matin. Quelle excuse aurait-elle fournie à Mary alors qu'elle était censée garder la chambre ?

« Veinarde ! lui dit Jessica qui se préparait à partir pour le lycée. Et si je faisais semblant d'être malade, moi aussi ? Je pourrais rester à la maison pour *nous* soigner !

— Pas question ! protesta Elizabeth. C'est déjà assez stupide que je manque les cours ; inutile que tu en rajoutes.

— A vos ordres, chère grande sœur », lança Jessica avec mauvaise humeur en claquant la porte d'entrée derrière elle.

Elizabeth passa la matinée à étudier ; toutefois, l'après-midi, elle ne put résister au plaisir d'aller flâner en ville. Vers quatre heures, elle rentra chez elle en bus — Jessica ayant pris la Fiat. En descendant, elle s'étonna de découvrir une voiture de police garée devant sa maison.

Elle hâta le pas et tomba nez à nez avec Jessica qui, les bras croisés, bien campée sur ses jambes, invectivait deux agents.

« Fichez-moi la paix, hurlait-elle, les yeux brillants de colère, je ne suis pas un cambrioleur !

— Jess, que se passe-t-il ? » interrogea Elizabeth, alarmée.

Jessica aperçut sa jumelle et son visage se détendit.

« Ah ! te voilà, Liz, tu tombes à pic ! Dis à ces deux hommes que je ne suis pas venue pour dévaliser la maison et que j'habite ici ! »

Elle avait frappé du pied pour donner plus de poids à ses protestations.

Un policier s'avança vers Elizabeth et lui montra son insigne.

« Sergent Malone, de la cinquième brigade. Avant de partir en voyage, M. Wakefield nous a laissé pour consigne de veiller sur son domicile et nous venons de surprendre cette jeune demoiselle en train d'escalader le mur et s'apprêtant à gagner la fenêtre.

— J'avais oublié ma clef, déclara Jessica comme s'il s'agissait d'une évidence. Je croyais que ma sœur serait à la maison. » Elle adressa un regard noir à celle-ci. « Mais comme elle n'y était pas... je n'avais pas d'autre ressource que d'entrer par la fenêtre.

— Bon, ça va pour cette fois, admit le sergent, mais tenez-vous-le pour dit : si jamais je vous y reprends, vous aurez de sérieux ennuis.

— Merci, sergent, s'empressa de dire Elizabeth. Merci d'avoir surveillé notre maison », ajouta-t-elle avec un petit sourire moqueur en remarquant l'air furibond de Jessica.

Dès que les policiers se furent éloignés, Elizabeth fouilla dans son sac à la recherche de son trousseau de clefs.

« Ça m'étonne de toi, Jess.

— Ça t'étonne *quoi* ?

— Que tu aies commis un oubli aussi stupide. Toi qui prétendais être devenue une personne sérieuse et responsable en l'absence des parents.

— Et vous, Mademoiselle-mêlez-vous-de-ce-qui-vous-regarde, n'étais-tu pas clouée au lit par une forte fièvre ? »

La pensée de Jessica se faisant intercepter par les agents alors qu'elle escaladait le mur fit éclater de rire Elizabeth.

« Boucle-la ! » ordonna Jessica, vexée.

Elle fonça dans le vestibule, jeta ses livres sur la moquette et monta quatre à quatre les marches de l'escalier conduisant à sa chambre.

« Madame Abernathy ? Mary Gordon à l'appareil, je suis chargée d'organiser le spectacle qui aura lieu dimanche soir dans l'auditorium. »

Du lycée, Mary téléphonait à la présidente du comité des parents d'élèves.

« Auriez-vous un problème ? interrogea la dame sur un ton affable.

— Eh bien, expliqua Mary en enroulant le fil de l'appareil autour de son doigt, on pensait pouvoir disposer de la salle, mais j'apprends que vous avez une réunion dimanche soir. Croyez-vous qu'on... puisse s'arranger ?

— Bien sûr. Je suis au courant de votre charmante petite fête et je suis certaine que les membres du comité ne verront aucun inconvénient à ajourner leur réunion.

— Vraiment ? s'étonna Mary, heureuse de voir les choses se régler aussi facilement.

— D'ailleurs, poursuivit Mme Abernathy, je me permets même de vous offrir mon aide — je pourrais servir les boissons par exemple... Je regrette que les parents d'élèves n'aient pas plus souvent l'occasion de rencontrer les lycéens.

— J'en serais ravie, madame. Je vous remercie. »

Mary était au septième ciel. Elle avait réussi à dénicher une machine à coudre pour Olivia, qui pourrait terminer les costumes, la sono était réparée, et Ken et Winston s'occupaient de recruter des volontaires pour vendre les billets d'entrée. Seul restait le problème des éclairages.

A ce sujet, Mary avait rendez-vous avec l'électricien à l'auditorium, dans cinq minutes. Elle vérifia l'heure à sa montre et, constatant qu'elle était en retard, traversa le hall en courant. Elle se sentait si légère qu'elle avait l'impression que ses pieds touchaient à peine le sol.

« *Tout est arrangé !* » jubilait-elle.

Elle ne se serait jamais crue capable de remplacer Elizabeth et, pourtant, elle avait réussi.

« *Ça marche ! Youpi !* »

Absorbée par ces joyeuses pensées, elle fonça vers le gymnase. Au détour d'un couloir, elle faillit heurter Bill.

« Ouah ! s'exclama celui-ci, où fonces-tu comme un bolide ? »

Mary mit la main devant sa bouche.

« Oh ! Excuse-moi !

— Où vas-tu ? insista Bill. Tu as le temps de venir boire un Coca ?

— C'est très gentil de m'inviter, malheureusement il faut que je file à l'auditorium vérifier les éclairages.

— Où en es-tu des décors ? » demanda encore Bill en lui emboîtant le pas.

Mary constata avec bonheur qu'il s'intéressait à elle et s'inquiétait de ses projets.

« Terminés, répondit-elle. Je n'ai pas pu les peindre tous, alors j'ai nommé des assistants. Le fait de me remettre au dessin m'a donné envie de retourner à l'école d'art déco. »

Elle avait parlé sur un ton assuré qui l'étonna elle-même.

« Incroyable ce que tu as changé, constata Bill. Il faut dire que tout est allé si vite entre nous. Quand est-ce qu'on se revoit ? »

Il se comportait comme s'il l'avait quittée la veille et qu'il ne s'était rien passé. Mary hocha la tête d'un air de doute.

« Je ne sais pas. En ce moment, je ne sais plus très bien où j'en suis... avec tout ce boulot. Au fait, tu seras libre pour assister à la représentation ? J'aimerais beaucoup que tu viennes ! »

Bill parut enchanté de l'invitation.

« Bien sûr, accepta-t-il, pour rien au monde je ne raterais un spectacle dont tu es l'organisatrice. »

Mary sentit les battements de son cœur s'accélérer.

« *Peut-être,* songea-t-elle. *Peut-être un jour...* »

Le moment était mal choisi pour analyser sa relation avec Bill ; si cela devait marcher, eh bien, cela marcherait. Pour l'instant, une seule chose importait : la représentation.

Une activité fébrile régnait dans l'auditorium où Mary supervisait les tout derniers préparatifs.

« Mary, j'aimerais t'inviter à boire un pot, offrit Patty. Si tu peux te libérer quelques minutes... Il y a une éternité qu'on n'a pas bavardé ensemble, toutes les deux. »

Il était presque cinq heures, et Mary se sentait éreintée, mais heureuse. Le spectacle était en bonne voie : la plupart des décors étaient montés, l'éclairage fonctionnait, les costumes étaient prêts.

« Tu as raison, j'ai besoin de faire une pause », approuva Mary avec reconnaissance.

Elle réalisa qu'elle n'avait pas adressé la parole à son amie depuis sa rupture avec Bill.

« *C'est bizarre,* songeait-elle, *l'aurais-je évitée ? Par crainte de la décevoir ?* »

Un quart d'heure plus tard, les deux filles, attablées à la terrasse du Box Tree Café, savouraient la douceur des derniers rayons du soleil couchant en sirotant un thé glacé à la menthe.

« Chapeau ! s'extasia Patty, en frappant sur l'épaule de Mary. Tu t'en es sortie comme un chef ! Je dois t'avouer que je me faisais du souci à ton sujet...

— Merci, l'interrompit Mary en lui serrant la main en retour.

— J'ai vu la toile que tu as peinte pour mon numéro de danse, poursuivit Patty, c'était tellement... tellement beau que j'en ai eu les larmes aux yeux. Tu as dû travailler dur...

— Je l'ai exécutée en pensant à toi, avoua Mary en rougissant. J'avais l'impression que quelque chose avait changé : un mur s'était dressé entre nous. Alors j'ai peint ce décor pour sceller notre nouvelle amitié. »

Patty déglutit pour défaire le nœud qui lui serrait la gorge.

« C'est vrai, admit-elle, moi aussi j'avais le sentiment que tu avais changé. En dehors de Bill, tu ne t'intéressais plus à rien. Tu me rebattais les oreilles de lui, tu n'existais plus, tu avais renoncé à tous tes projets. »

Le front de Mary se creusa d'une ride.

« J'ai traversé une mauvaise période où je doutais de moi. De plus, je m'étais fabriqué une idée fausse sur ce que doit être une relation, en me fondant sur mon entourage : maman, mon prof de dessin, divorcées toutes les deux ; et j'en avais conclu que pour garder un homme il faut s'accrocher à lui. Par peur de perdre Bill, je me suis perdue moi-même.

— Où en es-tu avec lui ? » interrogea Patty d'une voix douce.

Mary poussa un soupir, et ses yeux se remplirent de larmes.

« Je pense énormément à lui, avoua-t-elle. Il me manque. Mais j'ai été traumatisée par notre "rupture". J'ai peur, à présent, de basculer en sens inverse, de devenir égocentrique et repliée sur moi en oubliant combien il est important d'aimer et d'être aimée. J'espère qu'on se retrouvera, Bill et moi, mais pas tout de suite... Plus tard, peut-être. »

Patty approuva d'un hochement de tête.

« J'ai discuté avec lui, hier, et je peux t'assurer que votre séparation l'a bouleversé — même si c'est lui qui l'a voulue. Il m'a juré qu'entre Diana et lui...

— Il n'y avait rien, termina Mary. Oui, je sais.

— Je ne te fais aucun reproche, s'empressa de la rassurer Patty. Moi aussi, j'ai fait des scènes de jalousie injustifiées à Jim. Et de plus Bill est un type très séduisant ! Mais, tu sais, Diana a un copain. Tout ce que je voulais te dire, c'est que Bill souhaite revenir avec toi. »

Mary médita durant plusieurs instants.

« Je dois en discuter avec Bill, déclara-t-elle enfin. En tout cas, je suis sûre d'une chose : il est nécessaire que je trouve la "bonne distance" — ni trop près ni trop loin. C'est dur de ne pas se faire dévorer quand on est amoureux ! Je vais me remettre au dessin et j'ai même l'intention d'apprendre l'allemand. C'est fini le temps où Bill était le centre de ma vie. Il me faut choisir mes activités propres et devenir un être à part entière et non pas une moitié de couple.

— Mary, déclara Patty, un sourire admiratif aux lèvres, tu es la fille la plus intelligente, la plus merveilleuse, la plus sensible que j'aie jamais rencontrée.

— En l'honneur de toutes mes qualités, c'est toi qui vas régler l'addition, plaisanta Mary.

— O.K., approuva Patty, mais à une condition.

— Laquelle ?

— Si jamais je monte sur les planches de Broadway, tu confectionneras mes décors !

— Marché conclu ! »

Les deux amies réconciliées quittèrent leur siège et, bras dessus, bras dessous, s'avancèrent vers la caisse en riant aux éclats.

12

«*J*essica, ta soirée est très réussie, minauda Caroline Pearce en tapotant sa coiffure impeccable.

— Merci », répondit Jessica qui pensait à autre chose.

Elle promena un regard satisfait sur le salon : les meubles poussés contre les murs faisaient paraître la pièce plus spacieuse, la chaîne émettait une musique douce, les amuse-gueule et les toasts étaient harmonieusement disposés sur de petites tables basses.

Des jeunes dansaient, d'autres buvaient des sodas ou des jus de fruits en grignotant les mini-pizzas confectionnées par Jessica pour la circonstance.

« *La soirée s'annonce sous d'excellents auspices* », songea Jessica avec soulagement. Une seule ombre au tableau : Drake et ses copains de l'Université n'avaient pas fait leur apparition et pour l'instant les filles surpassaient en nombre les garçons.

Jessica abandonna Caroline pour chercher Lila et l'aperçut, bavardant avec Peter West, un garçon de terminale : il avait déjà fait parler de lui en inventant un ordinateur qui n'allait pas tarder à être commercialisé et qui ferait de lui un milliardaire.

« *Tout à fait le genre de type qui intéresse Lila* », se dit Jessica non sans ironie.

Elle s'avança vers le couple qui était en train de discuter de l'alimentation "naturelle".

« Il faut se fier à son instinct, préconisait Lila. Si on est à l'écoute de son corps, on sait ce dont il a besoin. »

Jessica toucha discrètement le coude de son amie.

« Je peux te parler un instant ? »

Lila lui décocha un regard noir, puis se tourna vers le garçon avec son plus radieux sourire.

« Je reviens dans un instant, Peter, ne bouge pas ! »

Jessica entraîna Lila dans la cuisine.

« Tu peux me dire où sont passés Drake et ses fameux copains ? interrogea-t-elle, sur un ton plutôt agressif.

— Jess, soupira Lila en prenant un air excédé, tu as idée de l'heure ?

— Il est dix heures, mais je ne vois pas le rapport !

— Et pourtant-il-y-en-a-un ! articula Lila comme si elle s'adressait à une débile mentale. Drake et ses amis sont étudiants à l'Université, or les étudiants ne se pointent jamais à une fête avant dix heures du soir ! C'est pas comme les jeunes lycéens...

— Oh ! excuse-moi », se récria Jessica, vexée d'avoir été surprise en flagrant délit d'ignorance.

A cet instant précis, Elizabeth appela :

« Jess ! Mme Beckwith vient de téléphoner, elle demande qu'on baisse le son !

— Pitié », gémit Jessica.

Elle s'attendait à ce que les voisins manifestent leur mécontentement, mais pas de si bonne heure. Les basses d'un slow faisaient vibrer les vitres de la maison. Toutefois, la foule des danseurs était si dense que Jessica renonça à se frayer un chemin jusqu'à l'électrophone. Au lieu de cela, elle vérifia si les plats étaient bien garnis.

Pour la deuxième fois elle entendit crier son nom : c'était Lila qui l'interpellait.

« Jess ! On a sonné ! Ça doit être Drake et sa bande. »

Jessica courut vers la porte en notant au passage que celle du bureau de sa mère était restée ouverte.

« Il faut que je la ferme, sans faute, songea-t-elle, si jamais il arrivait quelque chose au projet de maman... »

Arborant son plus séduisant sourire, elle s'avança et ouvrit. Le spectacle qui s'offrit à sa vue la cloua sur place. Une bande de gaillards d'une vingtaine d'années, empestant l'alcool, se pressait sur le perron.

« Ils ont dû se tromper d'adresse », se dit-elle pour se rassurer en se demandant comment leur claquer la porte au nez.

« Lila ! »

L'un d'entre eux s'était détaché du groupe pour se précipiter vers Lila et la serrer dans ses bras.

« Voici Drake », fit celle-ci.

Les autres en profitèrent pour s'engouffrer dans la maison.

« Jess, il n'y a plus de piz... ? » Elizabeth laissa sa phrase en suspens. « Que se passe-t-il ? » souffla-t-elle à l'oreille de sa jumelle.

Incapable d'articuler un mot, Jessica fixait les nouveaux arrivants d'un regard à la fois incrédule et atterré. Elizabeth la rappela à l'ordre.

« Jess, qui sont ces hurluberlus ? Il faut les flanquer dehors avant qu'ils aient saccagé la maison !

— Impossible », bégaya Jess.

Elizabeth huma l'air puis se pinça le nez, dégoûtée.

« Pouah, ils puent l'alcool !

— Que veux-tu que je fasse ? gémit Jessica, ce sont les copains de Drake !

— Qui est Drake ? s'étonna Elizabeth. Jamais entendu parler ! Dis donc, petite sœur, pense à mettre en sourdine, sinon Mme Beckwith va faire une attaque ! »

Au moment où Jessica s'apprêtait à baisser le son, la sonnette tinta une nouvelle fois. Elizabeth s'avança pour ouvrir et une dizaine de filles — toutes des amies de Jessica — envahirent le salon en caquetant.

Jessica se cacha le visage entre les mains. *« La maison n'y résistera pas »,* songea-t-elle avec désespoir.

A minuit, la fête battait son plein. Au plus grand mécontentement de Jessica, les garçons étaient allés chercher des cartons de bière dans le coffre de leurs voitures. Une certaine Louisa, une fille d'apparence frêle et chétive, buvait canette sur canette. Drake et Lila flirtaient outrageusement sur le canapé. Peter West leur jeta un regard noir et quitta le salon en claquant la porte. Jessica avait beau baisser le son, quelqu'un s'arrangeait pour le monter, après elle. Comprenant que la bataille était perdue d'avance, elle renonça en se disant que le mieux était d'accepter la situation avec philosophie.

A minuit et demi, Elizabeth, qui s'était retirée dans sa chambre avec Todd, se pencha par-dessus la rampe de l'escalier et annonça :

« Jess ! ! La voisine vient encore de se manifester. Elle est furieuse et menace d'appeler les flics si on continue à faire du boucan.

— Zut et zut ! » pesta Jessica en s'empressant de tourner le bouton une nouvelle fois.

Elle pria ses invités de se montrer plus discrets, mais personne ne prit sa demande en considération. Bruce Patman dansait un rock endiablé avec la malheureuse Louisa complètement ivre et dont le visage avait pris une teinte verdâtre.

Sur le divan, Drake caressait Lila en lui disant des mots osés. Quant à Winston, il s'exerçait à son numéro de magie sur le plus précieux vase en cristal de Mme Wakefield, en prétendant le métamorphoser en œuf !

Jessica, en proie à un réel malaise, avait fermé les yeux, pour ne rien voir, souhaitant tout oublier.

« Quelle idiote j'ai été d'organiser cette fête », se reprocha-t-elle à l'instant précis où

Louisa se ruait vers les toilettes, une main plaquée sur la bouche.

« Quel goujat ! protesta alors Lila en se dégageant de l'étreinte un peu trop passionnée de son copain. Je me tire, puisque c'est comme ça ! »

Saisissant sa veste, elle courut vers la sortie, poursuivie par Drake qui n'entendait pas la voir lui échapper.

« Pas question, tu restes avec moi, ordonna-t-il en la retenant par le bras.

— Fiche-moi la paix », répliqua Lila en se dégageant.

Elle ouvrit la porte et s'immobilisa sur le seuil, bouche bée, en se retrouvant nez à nez avec deux agents de police.

« C'est ici qu'habitent M. et Mme Wakefield ? questionna le premier.

— Oui », répondit Jess en s'avançant.

Elle sentit ses jambes vaciller en reconnaissant le policier qui l'avait surprise en train d'escalader le mur, la veille.

« Mais on se connaît ! s'exclama le sergent Malone, en tout cas, moi, je ne vous ai pas oubliée ! Vos parents sont-ils présents ?

— Ils sont sor... sortis, balbutia Jessica ou plutôt non, ils sont partis en voya...

— Y a-t-il une personne majeure dans cette maison qui puisse se porter garante des mineurs ? demanda le sergent, l'air sévère.

Sans quoi, j'ai bien peur que vous ne finissiez la nuit au poste. »

Jessica était devenue blanche comme un linge.

« Moi, annonça une voix familière, j'ai plus de dix-huit ans. »

Steven émergea de l'ombre comme par enchantement.

« Oh ! te voilà », s'écria Jessica, soulagée.

Jamais elle n'avait été aussi heureuse d'accueillir son frère.

« Jess, que se passe-t-il ? interrogea le garçon, jetant un coup d'œil intrigué à l'intérieur.

— Vos papiers, jeune homme », ordonna l'agent, se radoucissant.

Steven lui tendit son permis de conduire.

« Parfait, si vous acceptez de prendre la responsabilité de cette joyeuse fête, je n'ai aucune raison de l'interdire.

— Je me porte garant », déclara Steven sur un ton solennel.

Il décocha à sa sœur un regard qui lui fit comprendre que ses ennuis n'étaient pas terminés pour autant.

« Bien, nous nous retirons, déclara le policier. Mais essayez de faire moins de tapage, si vous ne voulez pas écoper d'une contravention. »

Les deux hommes partis, Jessica se jeta au cou de son frère.

« Steve, tu m'as sauvé la vie ! Quand es-tu arrivé ?

— N'exagère pas ! Je débarque à peine, les parents m'ont téléphoné de venir jeter un coup d'œil, j'ai appelé pour vous prévenir, la ligne était sans cesse occupée. Alors j'ai décidé de me pointer. Mais au fait, Jess, peux-tu m'expliquer : qu'est-ce que c'est que ce raffut ? Et la présence de la police ?

— Ce n'est rien, s'empressa de le rassurer Jessica, sur un ton faussement désinvolte. N'est-ce pas, Lila ? »

Lila et Drake, qui étaient restés immobiles sur le perron durant l'intervention de la police, regardaient tour à tour le frère et la sœur sans savoir quelle contenance adopter.

« Oui, tout va bien, finit par répondre Lila. Nous étions en train de... »

Elle fut interrompue par un bruit de verre brisé.

« Le vase en cristal ! » s'exclama Jessica avec désespoir.

« Franchement, Jess, ça me dépasse ! gronda Steven. Admettons que tu aies eu envie d'organiser une fête, mais de là à inviter des types que tu n'as jamais vus ! Et les avoir autorisés à boire des bières dans la maison ! »

Il était une heure passée. A la suite de l'exploit raté de Winston, les invités s'étaient retirés. Winston, atterré par sa maladresse, avait proposé de remplacer le vase, bien qu'il n'eût aucune idée de sa valeur. Olivia, plus réaliste, avait alors suggéré que chacun participe à l'achat.

Jessica avait salué ses invités, la mort dans l'âme, en s'efforçant d'ignorer les débris de pizzas et de toasts qui jonchaient le tapis, les bouteilles vides et les verres pleins de mégots.

Lila était partie sans un mot de consolation, sans un regard.

« *Pour elle, tout ça n'a aucune importance,* n'avait pu s'empêcher de remarquer Jessica avec amertume, *elle a une ribambelle de domestiques qui font le ménage.* »

Après le départ de Todd, les jumelles et leur frère inspectèrent la maison afin de mesurer l'ampleur des dégâts.

« Rien de dramatique, conclut Steven, désireux de remonter le moral de Jessica après l'avoir sermonnée. Un bon nettoyage et plus rien n'y paraîtra. Demain matin, on se lèvera de bonne heure. C'est dommage pour le vase mais si chacun accepte de cotiser, on le remplacera sans problème. »

Elizabeth, qui était en train de vérifier l'état du bureau, s'écria :

« Jess ! Viens vite !

— Mon Dieu, gémit Jessica en accourant, ne m'annonce pas un nouveau désastre !

— Le projet de maman, souffla Elizabeth d'une voix éteinte. Quelqu'un est entré dans le bureau. »

Jessica se frappa le front avec rage.

« Je savais bien que j'avais oublié ! Qu'est-ce qui s'est passé ?

— Le projet, répéta Elizabeth, pétrifiée d'horreur. On a renversé quelque chose dessus. » Elle se pencha pour identifier le liquide. « De la bière ! »

Jessica était désespérée. Le projet, ce à quoi sa mère avait demandé de prendre le plus grand soin. Le projet était détruit, effacé, inutilisable !

Jessica s'avança et constata que le papier était détrempé par endroits, avec des boursouflures, et que la plupart des lignes étaient brouillées ou effacées.

« Steven, Liz, qu'est-ce qu'on peut faire ? demanda-t-elle au bord des larmes. Qu'est-ce que je vais devenir ? »

13

*I*l n'était pas dans les habitudes de Jessica de se lever aux aurores le dimanche, et à plus forte raison d'aller carillonner à la porte des gens, surtout s'il s'agissait d'une dénommée Mary Gordon.

Mary ouvrit dès le premier coup de sonnette et apparut sur le seuil, fraîche et pimpante dans son sweater à rayures rouges et blanches. En découvrant sa visiteuse, elle manifesta son étonnement.

« Jessica ! En quel honneur ? »

Jessica se sentait d'autant plus gênée qu'elle avait négligé d'inviter son ancienne rivale à sa fête.

« Il faut que tu me rendes un service », déclara-t-elle de but en blanc.

Après avoir longuement réfléchi, Elizabeth avait eu l'idée de s'adresser à Mary dans l'espoir qu'elle pourrait reproduire le projet endommagé. Quant à Jessica, elle ne se faisait aucune illusion. Au nom de quoi Mary lui aurait-elle rendu un quelconque service ? Surtout après avoir tenté de semer la zizanie entre Bill et elle.

« C'est Liz qui m'envoie, avoua-t-elle, d'une petite voix timide, en pénétrant dans le vestibule. Elle croit que tu peux nous aider. Je sais, tu as des tas de raisons de me détester, et je comprendrai parfaitement si tu refuses...

— Vous aider ? répéta Mary. Mais comment ? »

Jessica émit un long soupir et lui décrivit la soirée désastreuse à l'issue de laquelle on avait découvert l'irréparable accident survenu au projet de Mme Wakefield.

« Fichu, complètement fichu, conclut Jessica. Et par ma faute. »

Mary lui adressa un regard sincèrement désolé.

« C'est affreux, admit-elle, mais je ne vois pas comment je pourrais...

— Liz prétend, l'interrompit Jessica, que tu es un as en dessin et que tu pourrais reproduire... »

Mary médita quelques instants, consciente de l'importance de la décision qu'elle devait prendre.

« C'est vraiment "fichu" ? questionna-t-elle. Tu m'as bien dit qu'on avait renversé de la bière, mais est-ce qu'on distingue encore quelques lignes, des repères, je ne sais pas, moi...

— Bien sûr, s'écria Jessica, soudain pleine d'espoir, tout n'a pas été effacé.

— Jess, ne t'emballe pas, je ne suis pas certaine de pouvoir — d'abord parce que j'ai pas mal de choses à faire aujourd'hui, ensuite, il n'est pas dit que je sois capable... »

Le visage de Jessica se décomposa.

« *Il me faut convaincre Mary* », se dit-elle. Personnellement, elle était persuadée que celle-ci réussirait si seulement elle acceptait de venir jeter un coup d'œil sur le projet.

Ravalant son orgueil et sa fierté, Jessica fit amende honorable.

« Je te dois des excuses, Mary ; j'ai été très vexée que Bill te préfère à moi, il y a un an, je ne t'ai jamais pardonnée. Aussi en le rencontrant devant le ciné en compagnie de Diana, je me suis dit que ce serait une excellente occasion de me venger et de te faire de la peine. C'est stupide, je le sais, mais j'ai agi en proie à la jalousie. A présent, je regrette, d'autant plus que Bill t'a quittée... Diana et lui sont bons copains, c'est tout.

— Je sais, dit Mary d'une voix douce, j'ai déjà oublié cette vilaine histoire. Je ne veux pas que tu t'excuses dans l'espoir que je vais te rendre service. Si je peux faire quelque chose pour toi, je le ferai, un point c'est tout.

— Je regrette sincèrement, rétorqua Jessica. Je me sens minable et mesquine. Écoute, Mary, oublie ce que je t'ai demandé et accepte mes excuses, je te promets qu'elles sont sincères. »

Mary eut un geste résigné, puis vérifia l'heure à sa montre.

« Je fais un saut chez toi, pour m'assurer que le projet...

— Oh, merci ! s'écria Jessica en se jetant à son cou, tu es la fille la moins rancunière, la plus généreuse que je connaisse. Je te le promets.

— Pas de promesse, protesta Mary avec gentillesse, pas avant de savoir si je peux réparer les dégâts. Je ne suis pas décoratrice comme ta mère, moi. Je te jure de faire de mon mieux... »

Jessica écoutait d'une oreille distraite, convaincue que Mary allait réussir. Au volant de la Fiat qui la ramenait chez elle, elle chantonnait au fond de son cœur.

« *Mary réussira. On remplacera le vase brisé. Papa et maman n'y verront que du feu !* »

Toute à ces rassurantes pensées, elle stoppa la voiture devant la maison et courut vers la porte d'entrée.

Elizabeth se dressa sur le seuil, raide comme la justice et annonça d'une voix sépulcrale :

« Papa et maman viennent de téléphoner. Ils sont à l'aéroport. Ils vont faire des courses en ville et seront ici dans une heure. »

L'enthousiasme de Jessica vola en éclats, tel le vase en cristal. A présent son seul espoir résidait en Mary.

« Montrez-moi le projet, demanda celle-ci, j'ai l'impression qu'on n'a pas de temps à perdre ! »

Jessica et Elizabeth vécurent les soixante minutes les plus angoissantes de leur vie. Penchée sur une grande feuille à dessin semblable à celle du projet de Mme Wakefield, Mary s'appliquait à reproduire consciencieusement le croquis — ligne pour ligne, trait pour trait.

Recroquevillées sur le canapé, les jumelles ne la quittaient pas des yeux, mourant d'envie de lui demander à chaque instant ce qu'il en était, tout en redoutant de l'apprendre.

Au bout d'une heure, Mary releva la tête et poussa un soupir de soulagement.

« Mission accomplie, annonça-t-elle, avec un sourire à l'adresse de Jessica. J'ai réussi à le reproduire, il est presque aussi bien que l'original. » Prenant le croquis, désormais compromettant, elle le froissa. « Débarrassez-vous vite de ça, il vaut mieux que personne ne le trouve ! »

Jessica et Elizabeth se précipitèrent pour admirer le chef-d'œuvre.

« Génial ! s'extasièrent-elles d'une même voix. On ne peut pas voir la différence.

— A moins de prendre une loupe, rectifia Mary, j'espère que votre mère n'y regardera pas de trop près. »

Jessica lui prit la main avec une infinie reconnaissance.

« Mary, tu viens de me sauver la vie. Jamais je n'oublierai !

— N'exagérons rien, protesta Mary avec modestie. J'ai été heureuse de pouvoir te rendre service. »

Les deux filles se regardèrent puis s'étreignirent avec émotion, soulagées et heureuses d'avoir enfin réussi à lever le voile qui les avait empêchées de se connaître. Elles se séparèrent et Elizabeth prit la parole à son tour :

« Mary, je te dois des explications. Tu sais, ma laryngite, c'était une pure invention.

— C'est vrai, au fait, fit remarquer Mary, tu as la voix bien claire pour une...

— C'était une invention pour t'obliger à t'occuper de la représentation et à prendre des responsabilités. C'était stupide, mais on n'a pas trouvé mieux, Patty et moi !

— Patty était aussi dans le coup ?

— Toutes les deux, on était persuadées que tu réussirais et tu as réussi ! »

Mary détourna les yeux, soudain très émue.

« Jamais je ne m'en serais doutée », avoua-t-elle. Elle contempla Elizabeth en riant. « Liz, tu m'as bien eue ! Mais je ne le regrette pas. Tu as fait exactement ce qu'il fallait pour me redonner confiance en moi.

— Tu ne m'en veux pas ? questionna Elizabeth en rougissant.

— Pas le moins du monde. Tu as employé les grands moyens, mais c'était justifié. Il fallait absolument me sortir de... je te remercie.

— Ah non, alors, s'interposa Jessica, s'il y a quelqu'un à remercier dans l'histoire, c'est bien toi, Mary. Si tu n'avais pas été là... »

Elle fut interrompue par une voix d'homme en provenance du vestibule.

« Il n'y a personne dans cette maison ? demanda M. Wakefield en faisant son apparition sur le seuil du bureau. Pas de fanfare pour nous accueillir ? »

Les jumelles échangèrent un regard qui en disait long, puis s'avancèrent pour saluer leurs parents.

Attablés pour le petit déjeuner familial, M. et Mme Wakefield faisaient le compte rendu de leur voyage.

« J'ai adoré Mexico la nuit ! s'extasia Mme Wakefield, les gens sortent beaucoup et les rues sont très animées.

— Oui, nous avons fait un merveilleux séjour, renchérit M. Wakefield. Mais vous, les filles, qu'avez-vous à nous raconter ? Rien de neuf pendant notre absence ? »

Steven était retourné à l'Université, abandonnant à ses sœurs la délicate mission de l'aveu du vase brisé.

Elizabeth fit une grimace à sa jumelle qui pouvait bien signifier : « A toi de te débrouiller », puis s'éclipsa, en prétextant mille choses à faire. Le moment si redouté par Jessica était arrivé.

« Sommes-nous invités à votre petite représentation ? lui demanda son père. Je serais heureux de te voir coupée en deux grâce à la magie de...

— En parlant de magie, l'interrompit Jessica, heureuse qu'il lui ait tendu la perche, Winston a cassé le beau vase en cristal de maman en voulant le métamorphoser en œuf. Je l'avais invité avec quelques amis à une soirée. »

Jessica se maudissait de devoir annoncer la mauvaise nouvelle à ses parents dès leur arrivée, alors qu'ils étaient tout bronzés et détendus.

« Ma chère fille, lui dit son père avec impatience, parfois je me demande si tu as toute ta tête ! !

— Je tenais beaucoup à ce vase, se contenta de faire remarquer Mme Wakefield.

— Organiser une fête sans notre autorisation, c'est insensé, ajouta M. Wakefield. Nous avons eu tort de vous faire confiance. Que s'est-il passé d'autre ?

— Presque rien. Un petit problème de rien du tout avec le lave-linge, ah oui, j'ai brûlé un torchon en voulant...

— Ne m'en dis pas plus, supplia Mme Wakefield en se bouchant les oreilles.

— C'est tout, maman, assura Jessica d'une voix légère, soulagée de s'en sortir à si bon compte ; tu sais, on va t'offrir un nouveau vase. »

Au fond d'elle-même, elle ne pouvait s'empêcher de songer :

« *Vous ne saurez jamais le pire ! Merci, Mary !* »

« Bon, pour cette fois, je veux bien oublier, déclara M. Wakefield, je ne tiens pas à me mettre en colère à peine de retour chez moi.

— Moi aussi, admit son épouse, mais j'accepterai volontiers que vous remplaciez le vase brisé. Qu'en penses-tu, Ned ?

— Je suis de ton avis, ma chérie. » Puis il s'adressa à sa fille. « Organiser quoi que ce soit sans autorisation est presque toujours une source d'ennuis ; tu n'es pas d'accord, Jessica ?

— Tout à fait, papa. »

Jessica arborait une mine contrite, mais en son for intérieur, elle jubilait :

« *Quel miracle que le pire soit arrangé. Grâce à Mary !* »

14

*E*lizabeth, dévorée par le trac, gravit les marches du podium et se plaça sous les feux des projecteurs. La salle était pleine à craquer ; elle n'aurait jamais espéré que le spectacle attirerait un public aussi nombreux. Elle s'avança vers le micro pour prononcer le discours d'ouverture, avant de laisser la parole à M. Collins, maître de cérémonie.

« La représentation que nous vous offrons ce soir, déclara-t-elle d'une voix forte pour dissimuler son émotion, a nécessité un immense travail de préparation. Si je vous précise cela, ce n'est pas pour m'attirer des louanges — personnellement, je n'ai rien fait —, mais c'est pour féliciter Mary Gordon, sans laquelle vous ne seriez pas réunis. En outre, je tiens à signaler que Mary a réalisé les merveilleux décors que vous pourrez bientôt admirer. Avant de vous laisser juger par vous-mêmes, j'aimerais qu'on applaudisse Mary ! »

Sur ces paroles, Elizabeth se retira et prit place derrière la scène. Aussitôt, les applaudissements crépitèrent et des jeunes se mirent à scander : « MA-RY ! MA-RY ! MA-RY ! »

Mary, poussée par Elizabeth et M. Collins, monta à son tour sur la scène ; les applaudissements et les bravos redoublèrent. Les yeux brillants d'émotion, elle affronta son auditoire.

« Merci, dit-elle, dès que le silence se fut rétabli. Vous me prenez au dépourvu... Je ne sais trop quoi dire. Mais j'aimerais remercier tous les amis qui m'ont aidée à monter ce spectacle, et tout particulièrement Elizabeth et Patty. »

Elle tendit le micro à M. Collins et se précipita dans les coulisses où Patty l'attendait.

« Tu as été formidable ! s'exclama-t-elle, on ne peut plus naturelle. »

Mary enlaça son amie et la serra contre elle.

« Merci, Patty. Liz m'a tout raconté. Votre stratagème m'a fait prendre conscience de...

— Tu ne m'en veux pas ? s'écria Patty en se dégageant. J'avais peur que tu sois furieuse contre moi. Tu sais, mon intention n'était pas de te mentir ni de te tromper. Je voulais que tu reprennes confiance en toi. Et tu as réussi !

— Oui, et je vous suis reconnaissante, à toi et à Liz, de ce que vous avez fait pour moi, assura Mary ; de plus, je suis très fière d'avoir réussi à mettre ce spectacle sur pied.

— Moi aussi, je dois te remercier ; tes décors étaient si beaux qu'ils m'ont inspirée pour danser. »

Mary comprenait toute la signification du terme "inspirée", car ses propres décors lui avaient donné le souffle nécessaire pour mettre au point la représentation et pour reproduire le projet de Mme Wakefield.

Le spectacle débuta avec Olivia Davidson qui chanta, de sa voix mélodieuse et claire, une ballade en s'accompagnant à la guitare. Mary sentit les larmes lui monter aux yeux. Elle se demanda si Bill se trouvait parmi l'assistance et s'il était aussi ému qu'elle, car ils avaient souvent écouté cette chanson ensemble. Lui faisait-elle battre le cœur, lui aussi ?

Elle n'eut pas le loisir de s'interroger plus longtemps, une ombre familière venait de se glisser auprès d'elle : c'était Bill !

« Je suis venu te féliciter, tu as fait du bon travail !

— Merci, Bill.

— Tu permets que je t'embrasse ? » demanda-t-il d'une voix rauque.

Trop émue pour lui répondre, Mary leva son visage vers lui. Les lèvres de Bill étaient si chaudes, si douces ! Le cœur battant, elle s'abandonna entre ses bras.

« Bill, tu m'as manqué.

— Tu n'as pas oublié notre chanson ?

— Bien sûr que non !

— La fois où je t'avais demandé de sortir avec moi, on la passait à la radio. Tu te souviens ?

— Oui, jamais je n'oublierai.

— Et si je te redemandais de sortir avec moi ? Tu m'accorderais une nouvelle chance ? »

Mary se mordit les lèvres. Elle avait rêvé du moment des retrouvailles, et, maintenant qu'elle le vivait, elle ne savait plus que penser. Elle éprouvait pour Bill le même sentiment d'amitié qu'elle ressentait au début de leur rencontre, lorsqu'ils faisaient de la planche à voile ensemble. Peut-être cette nouvelle amitié déboucherait-elle sur un amour solide et fondé sur la confiance réciproque, l'admiration et le respect.

Elle ne voulait plus commettre l'erreur de se perdre, de s'abandonner à un garçon, fût-il aussi merveilleux que Bill.

Elle devait vivre sa propre vie.

« Je ne sais pas, dit-elle en plongeant son regard dans les yeux bleus du garçon. Tu devras te montrer patient. »

Bill lui prit la main et glissa ses doigts entre les siens.

« Pour toi, j'aurai toute la patience nécessaire. Et toi, sauras-tu te montrer patiente ? »

Mary n'eut pas besoin de parler, Bill avait lu la réponse dans ses yeux.

Dans les coulisses, Elizabeth riait aux éclats en regardant Winston s'évertuer à réussir son tour de magie. La caisse dans laquelle était allongée Jessica était ridiculement petite et les pieds de la jeune fille dépassaient ! Winston s'appliquait à scier, mais ce n'était jamais au bon endroit ! *« Il est impayable »,* songea Elizabeth. Ken était aussi clownesque que son partenaire. L'étonnement naïf de Jessica qui ne comprenait rien à la situation ajoutait encore au comique du numéro. Tous les tours tentés par Winston rataient infailliblement et, chaque fois, Jessica prenait un air si déconfit que les spectateurs s'écroulaient de rire.

Enfin, le trio quitta la scène et Todd leur succéda. Elizabeth était curieuse d'assister à son one man show, car il avait refusé de lui en révéler le contenu.

Les spots s'éteignirent, le temps de changer de décor. Lorsqu'ils se rallumèrent, Todd se tenait debout au milieu de la scène. Son attitude rigide et son sérieux frappèrent Elizabeth. Peut-être cela faisait-il partie de son spectacle ?

Tout de même, c'était étrange, Todd semblait infiniment triste. Après quelques instants qui parurent durer une éternité, il toussa pour s'éclaircir la voix et déclara :

« Voilà, j'avais l'intention de faire un one man show, mais ce soir je ne me sens pas d'humeur folâtre, aussi vous voudrez bien m'excuser si, à la place, je vous récite une poésie. Il s'agit d'un sonnet de Christiana Rossetti, intitulé *Souvenir*. »

Elizabeth sentit un frisson lui parcourir le dos. Todd allait déclamer un poème ! Et quel poème, celui qu'elle lui avait lu si souvent, son préféré.

Prenant une profonde inspiration, il commença à réciter. Au fur et à mesure qu'il parlait, des larmes brillaient dans ses yeux, et, dès la fin du dernier vers, il disparut dans les coulisses sans saluer le public.

Les spectateurs, sous le choc, gardèrent un profond silence. Récitée par un garçon aussi plein d'entrain et dynamique que l'était Todd, cette poésie revêtait une signification toute particulière.

« *Pourquoi a-t-il choisi ce poème?* se demanda Jessica, *il doit y avoir une raison grave.* »

« Je n'ai pas eu le courage de te l'apprendre plus tôt, avoua Todd d'une voix brisée. Liz, ne m'en veux pas. De plus, jusqu'au tout dernier moment, j'ai espéré que la situation allait s'arranger ! Que mon père ne serait pas muté... »

Elizabeth lui prit la main et la serra de toutes ses forces.

« Todd, explique-moi, je ne comprends rien à ce que tu racontes ! J'ai l'impression de devenir folle.

— Liz, mon père a été muté dans une nouvelle compagnie. Nous allons habiter dans l'État du Vermont ! »

Le Vermont ? Elizabeth mit un certain temps à réaliser. Puis la violence de la révélation s'abattit sur elle avec la force d'un couperet.

« Quand pars-tu ? questionna-t-elle d'une voix blanche.

— Dans une semaine. C'est terrible, je sais. J'ai cru faire un cauchemar quand mon père m'a annoncé la nouvelle, mais non, c'était la réalité. Ce projet était dans l'air depuis longtemps, mais mon père ne m'en a fait part qu'une fois certain de sa nomination. Lui-même ne tient pas à s'en aller, mais sa compagnie l'oblige à partir et il n'y a aucun moyen de refuser. »

Elizabeth écoutait en pleurant. Non, Todd ne pouvait pas la quitter.

Elle se répétait ces vers du poème.

« Ne m'oublie pas quand je serai loin de toi, parti dans un pays où tu ne pourras plus me donner la main... »

« Todd ! » s'écria-t-elle en se jetant dans ses bras.

Ils s'étreignirent comme si jamais rien ne pourrait les séparer !

Prochain roman à paraître
dans la collection :

LAISSEZ-MOI FAIRE

Enfin des livres
qui vous font entrer dans la vie :

Etes-vous tendre, affectueuse, sincère, désintéressée
comme Elizabeth?
Connaissez-vous une fille coquette, intrigante,
menteuse, arriviste comme Jessica?
Les sœurs jumelles de SUN VALLEY vous invitent à
partager leurs secrets.

407 C'EST PLUS FORT QUE TOI Francine PASCAL

« Tu sais, Liz, Todd est content de retrouver Patsy,
c'est tout. Ils sortaient ensemble avant qu'elle parte
pour l'Europe, il y a deux ans.
– Alors ils n'ont pas rompu? Tu peux me dire la vérité.
Olivia.
– Ben... non, je ne crois pas. Mais ça ne signifie rien,
Liz, tout ça c'est du passé! »
Élizabeth ne savait plus que penser. La jalousie lui
paraissait ridicule, pourtant elle ne pouvait s'empêcher
de haïr de plus en plus cette Patsy. C'était plus fort
qu'elle...

408 TU NE CHANGERAS JAMAIS Francine PASCAL

« Alors, Jess, le boulot, toujours aussi intéressant ?
demanda Elizabeth.
– Ouais, bof, j'ai passé ma soirée au bureau à classer
des papiers, tu sais ce que c'est !
– Et comment s'appelle-t-il ? continua sa sœur d'un
ton neutre.
– Je ne vois pas de quoi tu parles.
– Inutile de me raconter des bobards, Jess. Je sais
tout.
– Alors comme ça, tu m'espionnes ! » cria Jessica.
Liz connaissait trop bien sa jumelle pour
comprendre que ce « travail » n'était qu'un prétexte.
Décidément Jessica ne changerait jamais...

« Quel culot ! Devine qui s'est inscrite pour le concours des majorettes ? » Jessica fixait la feuille de papier, les yeux brillants d'indignation.

« Qui ? s'impatienta Liz.

– Anny Whitman ! Je n'aurais jamais cru que cette fille serait assez gonflée pour...

– Tu te trompes, Jess, elle a beaucoup changé.

– C'est hors de question ! Anny Whitman qui sort avec tous les garçons du lycée !

– Elle travaille dur maintenant et une place dans votre troupe l'encouragerait à continuer.

– Tu parles ! C'est ce qu'elle veut faire croire... »

410 C'ÉTAIT TROP BEAU   Francine PASCAL

« Quinze jours à New York ! Oh, je n'arrive toujours pas à y croire ! s'écria Jessica. Liz, c'est trop beau pour être vrai !

– Tu ferais mieux de te presser, avertit Elizabeth, l'embarquement va être annoncé d'une minute à l'autre.

– En plus, il paraît qu'il y a des tas de garçons super à New York !

– A ta place, Jess, je me méfierais des princes charmants... »

Mais Jessica n'écoutait plus. Et déjà les lumières de Manhattan s'allumaient pour elle...

411 NE LUI DIS RIEN   Francine PASCAL

Elizabeth prit la main de son frère :

« Crois-moi, Steve, Patricia a toujours été sincère. Elle a peut-être des problèmes.

– Oh Liz ! Le malheureux a le cœur brisé et c'est tout ce que tu trouves à dire ! » s'exclame Jessica.

L'air inquiet, Steve se renversa sur son lit.

« Il se passe quelque chose, mais Pat ne veut rien me dire. Et en plus elle croit que c'est moi qui ne l'aime plus. Je donnerais tout pour savoir... »

Liz devait-elle rompre son serment et révéler le terrible secret que Patricia lui avait confié ?

Bientôt huit heures ! Jessica trépignait dans le salon.
« C'est toujours pareil ! Nous sommes invitées à la
soirée la plus chic de Sun Valley et Liz est en retard !
Tant pis pour elle, j'y vais ! »
Jessica enfila son manteau. Mais au moment de sortir,
un sentiment de culpabilité l'envahit. Elle avait
l'impression que Liz était en danger et qu'elle
l'appelait...
Elle hésita un instant et ouvrit la porte : une fois de
plus, elle cédait à son égoïsme.

413 DOUBLE JEU Francine PASCAL

« Elizabeth ! Nicholas ! Qu'est-ce que vous faites là ? »
En un éclair, Elizabeth décida de tenter le tout pour le
tout. Elle imita l'irrésistible « sourire Jessica ».
« Tu rigoles, Todd ! Ne me dis pas que tu ne fais pas
encore la différence entre Liz et moi ! »
Bouche bée, Todd la dévisageait avec des yeux ronds.
« C'est Elizabeth, c'est forcément elle ! » pensa-t-il...
A quoi jouait Elizabeth ? Pourquoi avait-elle accepté
de sortir avec Nicholas alors qu'elle aimait sincèrement
Todd ?

414 NE ME TROMPE PAS Francine PASCAL

« Promets-moi, Steve, de t'occuper de ma sœur Betsy,
elle n'aura plus personne après moi...
– Je te le promets, Pat », souffla-t-il.
Patricia laissa échapper un soupir. Cette conversation
l'avait épuisée.
« Je suis lasse maintenant, j'ai besoin de dormir. »
Sa voix était à peine audible.
« Oui », chuchota Steve au moment où son amie
fermait les yeux pour la dernière fois...
Steve ne se doutait pas que cette promesse d'héberger
Betsy lui attirerait les pires ennuis. C'était oublier
un peu vite l'insupportable Jessica !

415 JEU DE SNOBS

Francine PASCAL

Tout Sun Valley est en émoi !
Dans la même semaine, Roger Barrett perd sa mère très malade, apprend qu'il est en fait le cousin de Bruce Patman et devient donc membre à part entière de la famille la plus riche de la ville.
Si Liz reste assez indifférente à cette agitation, plaignant surtout le pauvre Roger complètement déboussolé, Jessica, au contraire, compte bien profiter de la situation.
Et pour séduire le nouvel héritier, elle décide désormais d'adopter un train de vie un peu plus snob...

416 JUSQU'OÙ IRAS-TU ?

Francine PASCAL

« Oh oui ! dit Caroline, élevant la voix en entendant rentrer Jessica. Oui, moi aussi. J'ai été si heureuse de recevoir ta lettre ce matin. »
Il n'était pas facile d'entretenir une conversation imaginaire. Caroline trouva un prétexte pour écourter le «dialogue».
« Je t'écrirai ce soir, oui, je t'aime. Au revoir, Adam. »
Depuis quelques jours, Caroline se téléphonait à elle-même et s'envoyait des lettres enflammées.
Tout ça pour que l'on fasse un peu plus attention à elle ! Jusqu'où sa supercherie pourrait-elle aller ?
Caroline réussit à ce que tout le lycée de Sun Valley parle d'elle, mais pas comme elle l'aurait voulu...

417 TU PERDS LA TÊTE

Francine PASCAL

Jessica parcourut d'un regard absent le campus du lycée. Tout à coup elle sursauta et colla son nez contre le pare-brise.
« Hé ! Dis-moi que je n'ai pas des visions ! Regarde là ! Regina Morrow dans la bagnole du Bruce Patman !
– Non, tu ne rêves pas, confirma Elizabeth en franchissant la barrière du parking, on les a vus souvent ensemble ces derniers temps.

– Je me demande ce que Regina peut bien trouver à
ce mufle... »
Évidemment Jessica ne peut pas oublier que c'est
Bruce Patman qui l'a laissée tomber il y a quelques
mois, et la jalousie risque de lui faire perdre la tête.

418 CELA DEVAIT ARRIVER   Francine PASCAL

« Bon sang! s'exclama Jessica. Qu'est-ce que j'ai fait
pour avoir une sœur aussi stupide! C'est justement le
côté mystérieux de Jack qui le rend si fascinant. »
Elizabeth essaya encore une fois de raisonner Jessica.
« Ce garçon ne m'inspire pas confiance. On dirait qu'il
a quelque chose à cacher. »
Elizabeth avait pourtant tenté de mettre sa sœur en
garde mais Jessica n'écoutait jamais les conseils de sa
sœur, et ce qui devait arriver arriva...

 **Sun Valley**

IMPRIMÉ EN FRANCE PAR BRODARD ET TAUPIN
Usine de La Flèche, 72200.
Loi n° 49-956 du 16 juillet 1949 sur les publications destinées à la jeunesse.
Dépôt : novembre 1987.